GONÇALO M. TAVARES

UNA NIÑA ESTÁ PERDIDA EN SU SIGLO EN BUSCA DE SU PADRE

TRADUCIDO POR
PAULA ABRAMO

NARRATIVA

DERECHOS RESERVADOS
© Gonçalo M. Tavares, 2014, publicado por acuerdo con el agente literario Mertin Inh. Nicole Witt e. K., Fráncfort del Meno, Alemania
© 2018 Almadía Ediciones S.A.P.I. de C.V.
Avenida Patriotismo 165,
Colonia Escandón II Sección,
Delegación Miguel Hidalgo,
Ciudad de México,
C.P. 11800
RFC: AED140909BPA
© 2018 De la traducción: Paula Abramo

www.almadia.com.mx
www.facebook.com/editorialalmadía
@Almadía_Edit

Primera edición: noviembre de 2018
ISBN: 978-607-8486-99-1

Impreso y hecho en México.

GONÇALO M. TAVARES

UNA NIÑA ESTÁ PERDIDA EN SU SIGLO EN BUSCA DE SU PADRE

TRADUCIDO POR PAULA ABRAMO

Almadía

I
LA CARA

I. LA CARA

Imposible no fijarse en aquella cara. Esa cara redonda tan característica, ojos y mejillas enormes. Una discapacitada —¿o un discapacitado?, a Marius le costó trabajo distinguirlo—. A primera vista parecía una niña, sin duda —¿de cuántos años?, ¿quince, dieciséis?—, pero después, mirándolo/mirándola con más atención, se diría que era un muchacho. No. Una muchacha.

En las manos tenía una pequeña tarjeta. Marius se olvidó de su prisa y se acercó a ella. La muchacha sonrió y le entregó la tarjeta. Estaba escrita a máquina.

BRINDAR SUS DATOS PERSONALES
1. Decir su nombre de pila.
2. Decir si es niño o niña.
3. Decir su nombre completo.
4. Decir los nombres de sus padres y hermanos.
5. Decir dónde vive.
6. Decir en qué escuela estudia.
7. Decir cuántos años tiene.

8. Decir cuándo es su cumpleaños.
9. Decir de qué color son sus ojos y su pelo.

Marius sonrió.

Preguntó:

—¿Cuál es tu nombre de pila?

—Hanna.

—¿Eres niño o niña?

—Niña.

(Se le enredaba la lengua, pero Marius alcanzaba a comprender lo que decía.)

—¿Y tu nombre completo?

—No.

—¿No me lo quieres decir?

Ella no respondió.

Miró la tarjeta; se diría que pertenecía a un fichero, pero ninguna marca indicaba que estuviera arrancada —alguien se la había dado, o ella misma la había extraído cuidadosamente de un fichero—. Marius notó un detalle. En la parte superior de la tarjeta, con letra más pequeña, casi ilegible, estaba escrito: Educación para personas con discapacidad mental.

—¿Cómo se llaman tus padres y tus hermanos? —continuó Marius.

—No.

—¿Dónde vives?

—No.

—¿En qué escuela estudias?

—No.

La niña no dejaba de sonreír. Sus *noes* eran simpáticos —como si fueran *síes*.

—¿Cuántos años tienes?

—Catorce.

—¿Cuándo es tu cumpleaños?

—12 de octubre.

Marius miró de nuevo la ficha.

BRINDAR SUS DATOS PERSONALES

1. Decir su nombre de pila.
2. Decir si es niño o niña.
3. Decir su nombre completo.
4. Decir los nombres de sus padres y hermanos.
5. Decir dónde vive.
6. Decir en qué escuela estudia.
7. Decir cuántos años tiene.
8. Decir cuándo es su cumpleaños.
9. Decir de qué color son sus ojos y su pelo.

Faltaba la pregunta nueve. Le parecía ridícula, pero se la preguntó:

—¿De qué color son tus ojos y tu pelo?

—Ojos: negros. Pelo: castaño.

Y sí, esos eran los colores. (Ella los había memorizado.) Marius la miró y sonrió.

—Estoy buscando a mi padre —dijo después Hanna.

—¿A tu padre?

—Sí —repitió Hanna—, estoy buscando a mi padre.

II. Las fichas

Hanna llevaba una pequeña caja. Marius le preguntó si podía abrirla. Hanna dijo que sí —se la entregó—. Marius abrió la caja.

Eran fichas. En la parte superior de todas ellas, la indicación, en letra minúscula: "Educación para personas con discapacidad mental".

—Es para mí. Me la dieron —dijo Hanna.

—¿Quién te la dio?

—Me la dieron —repitió Hanna.

Cada ficha tenía un tema y, después, un conjunto de pasos, actividades o preguntas. Marius pasó algunas fichas: "Explorar objetos" —en este campo, el ejercicio número tres se presentaba así: "Dejar caer y volver a tomar un objeto"—; pasó muchas otras fichas, y entonces apareció en grandes letras la palabra *higiene*, "6. Limpiarse la baba; 7. Lavarse las manos; 8. Lavarse la cara"; "Salud y seguridad"; "1. Indicar qué parte del cuerpo le duele". Marius pensó en lo difícil que sería esto, no sólo para un discapacitado mental, sino para todos los seres humanos, para todos los seres vivos –"indicar qué parte del cuerpo le duele"–. En ese momento, por ejemplo, había en él, en Marius, un dolor no físico, una incomodidad evidente; un dolor, pues, pero no localizable, no había anatomía para eso, y qué iba a saber él de esa localización efímera, oscilante, se diría, como un péndulo, un dolor que, en vez de fijarse en un punto del organismo, oscila, duda, va de un lado a otro, como si al abrir los brazos, al separarlos como en un ejercicio de gimnasia, Marius ensanchara el espacio en el que podía existir ese dolor y, de pronto, aquella imagen, de un cuadro, sin duda, ¿de quién?, ¿del Bosco?, no lo recordaba bien, era la imagen de un demonio en cuclillas, defecando sobre las páginas de un libro, ¿de qué libro? Imposible saberlo; "2. IR AL BAÑO POR SU PROPIA INICIATIVA", es una decisión tuya, sientes, te mueves con tus propios músculos; "3. ORINAR O DEFECAR ALGUNAS VECES EN LA BACINICA O EN EL SANITARIO, CUANDO LO PONGAN ALLÍ" –esas eran las fichas, cada una tenía un título–. Marius pronto se dio cuenta de que aquel curso, si así podía llamarse, estaba dividido en áreas: alimentación e higiene; movilidad; salud y seguridad; motricidad global y fina; lenguaje –alguien había abandonado a una niña discapacitada en aquella calle ajetreada de la ciudad, con una caja de fichas, decenas y decenas de fichas con pasos, ejercicios, objetivos–. Marius se sentía fascinado ante todo aquello, ante esa organización. En una de las fichas se leía: "META B: CAMINAR POR LA CALLE", pues sí, allí estaba Hanna, sola, en la calle. El primer paso: "CAMINAR POR LA BANQUETA". Otra de las metas era vestirse; y una palabra muy usada: *colaborar*. El primer paso de esta meta: "Colaborar cuando lo vistan"; tercer paso: "METER los brazos en las mangas cuando lo vistan; 10. ABROCHAR cierres, 11. Abrochar botones".

—¿Sabes ponerte una bota? —preguntó Marius.

Hanna sonrió, sacudió la cabeza, negando.

Meta: coordinar movimientos finos
1. Tocar cascabeles, campanas.
2. Sacar objetos de una caja
[...]
4. Hojear libros
5. Hacer rayas con un lápiz.

Marius le preguntó:

—¿Sabes escribir tu nombre?

Hanna sacudió otra vez la cabeza:

—No —respondió.

El punto once —Marius ya lo creía— era difícil, pero pese a todo, "11. ABRIR PUERTAS CON MANIJAS QUE SE PRESIONAN HACIA ABAJO", pese a todo, estas manijas eran mucho más fáciles que las que exigen una rotación de la muñeca y no un simple movimiento de la mano de arriba hacia abajo; pero aquí aparecían las dificultades crecientes, todo en su debido orden, bien organizado, el curso, como convenía; el paso "12. DESENROSCAR TAPAS DE FRASCOS", era el siguiente nivel de dificultad.

Ya estaban ambos sentados en un café. Marius había pedido un agua y un pastel para ella.

–¿Qué quieres? –le había preguntado.

Ella no contestó.

No había podido dejarla en la calle: tenía que resolver rápido el problema, primero comer, después encargarse del asunto, buscar la institución de la que sin duda se había escapado, no sería difícil; quería saber más, pero ella apenas decía nada. Marius hojeaba las fichas del curso, ya había puesto la primera –"BRINDAR SUS DATOS PERSONALES"– en su sitio, sí, de ahí había salido. Más adelante estaba la meta: "Expresarse". Los profesores de la niña con trisomía 21 querían que se expresara, pero allí estaba ella, callada frente a Marius.

Estos eran los pasos para llegar a una conversación –querían que, al final, la niña conversara–, sí, muy bien, pero primero: "1. DAR GRITOS [...] VOCALIZACIONES DIFERENCIADAS PARA INCOMODIDADES ESPECÍFICAS (DOLOR, HAMBRE, ETCÉTERA)".

Qué aprendizaje tan útil, pensó Marius: "2. SONREÍR O VOCALIZAR COMO RESPUESTA A LA PRESENCIA DE UNA PERSONA O SITUACIÓN AGRADABLE".

Grita si te duele, sonríe si te agrada; pero ella sonríe todo el tiempo, Hanna, qué simpática es; más adelante, casi al final del fichero, la meta: "Utilizar dinero en situaciones funcionales: 1. Reconocer las monedas y billetes como dinero".

Marius se saca dos monedas del bolsillo, le pregunta:

–¿Sabes qué es esto?

Ella responde que no (y no deja de sonreír).

Marius le acerca las monedas.

—¿Quieres?

Ella responde que no, pero sin hablar, sacude la cabeza, no está asustada, simplemente no le interesan las monedas.

El paso número seis de otra meta era: "Reconocer signos que indiquen la posición correcta de los empaques" y, a continuación, el siete daba un salto extraño: "Reconocer signos que indiquen peligro", el último paso de una meta de aprendizaje; Marius la mira, sonríe; Hanna está lejos de llegar a eso, no sería capaz de percibir ningún peligro. Otra meta: "Orientarse en el tiempo y en el espacio".

Marius sentía una curiosidad enorme, sentía que ese curso también era para él: "Nombrar la posición relativa de los objetos (adelante, atrás, arriba, abajo)", y luego, en el siguiente paso (en este curso lo primero es la orientación en el espacio, saber dónde está uno; sólo después viene la orientación en el tiempo, pero podría ser al revés, pensó Marius), en el punto siete, había un objetivo que le pareció, no sabría explicar por qué, particularmente cruel: "Identificar el reloj como el instrumento que sirve para ver la hora"; en otra ficha, el primer paso de otra meta era: "Reconocer su nombre de pila por escrito". Marius tomó un papel y escribió *Hannah*.

—¿Es así? —preguntó— ¿Hannah?

Ella no respondió.

Hanna, escribió después Marius.

—¿Es así, sin *h?*

Era evidente que ella no podía identificar las letras de

su nombre o que, al menos, era incapaz de ver la diferencia entre las dos versiones.

Marius decidió que el nombre se quedaría sin la *h*.

Ya había llegado el pastel, Hanna lo devoraba; le arrancaba bocados con los diez dedos, primero desde el centro del pastel, empezaba por el centro, y este adquiría una especie de caparazón, un esqueleto dulce pese a todo.

—Eso también se come —murmuró Marius, señalando el esqueleto que iba quedando, mientras revolvía sin cesar, con la otra mano, aquel archivo extraordinariamente bien organizado. "Meta: ADQUIRIR NOCIONES DE CANTIDAD", leyó:

1. Distinguir uno de muchos.
2. Distinguir pocos de muchos.

(Primero se sintió tentado a reírse del preciosismo, pero sí, después se dio cuenta, le quedó claro, que era importante distinguir uno: una sola cosa de muchas, y también distinguir pocas cosas de muchas; el paso tres era más claro):

3. Distinguir uno de dos.
4. Contar mecánicamente.

Volvió a recordar el detalle de que primero había que comprender la cuestión del espacio, luego la del tiempo, y le vino a la mente que, cuando los trenes aparecieron por primera vez en Inglaterra, todo el país ajustó sus relojes a la hora de las estaciones, era importante para el comercio; de alguna manera, los transportes, lo que nos hace ir de un lado a otro, eso sí había determinado la imposición de un tiempo común; los horarios, mi querida Hanna.

1. SEÑALAR LAS PRINCIPALES PARTES DEL CUERPO CUANDO ALGUIEN LAS NOMBRE.

Después era importante, también, "Conocer el medio físico y social más cercano", y uno de los pasos de esta meta era "Identificar a los animales domésticos", y en el siguiente punto "IDENTIFICAR LOS ALIMENTOS MÁS COMUNES".

–Te gusta el pastel –dijo Marius señalando el pastel y pronunciando muy lentamente esta palabra, arrastrando cada una de sus letras.

Hanna sonrió.

Marius empezaba a cansarse, pero lo primero que sintió fue un sobresalto al ver que un hombre se acercaba a la mesa. Traía una cámara fotográfica y una enorme mochila en la espalda. Le preguntó si podía sentarse.

III. Un fotógrafo de animales

De la mochila sacó varias fotografías. Eran fotografías de animales. Lo curioso era que había siempre tres fotografías de cada animal: una de frente y dos de perfil.

—Como los presos.

—Sí —dijo el hombre, y se rio.

Se llamaba Josef Berman y me entregó de inmediato una tarjeta. Fotógrafo de animales.

—Muy bien —dije.

Hanna estaba entusiasmada con las fotos —y en verdad eran insólitas—. Siempre había tres fotos de cada animal, numeradas —con el número que debía identificar al animal— y con la abreviatura *Fte.* (foto de frente), *Der.* (perfil derecho) o *Izq.* (perfil izquierdo) escrita todavía sobre el negativo de la foto, al margen, para no interferir con la mancha de la cara, digámoslo así, de los animales.

Había fotos de perros, gatos, cerdos, pero las más impresionantes eran las de los caballos, pues algunas realmente parecían exigir que uno se refiriera a ellas con la palabra *cara:* no se trataba de simples facciones animalescas; en las caras de frente y de perfil de aquellos caballos lo que descollaba era una angustia, la sensación de un animal que está en el límite, en un callejón sin salida, que está perdido, que no sabe qué hacer, no sabe cómo lidiar con esas manos que sin duda lo han forzado.

—Parecen tristes, estos animales —le dije a Josef, sonriéndole a Hanna para tranquilizarla (las fotografías de los caballos la habían asustado, claramente esas ya no le gustaban).

—Algunos animales —explicó Josef— no entendían qué quería hacer con ellos, y sus dueños a veces tenían que forzarlos, les sostenían la cabeza y les torcían el cuello hacia un lado y hacia el otro… ¿Sabe cuántos animales he fotografiado? No lo va a creer… más de siete mil.

—¿Caballos?

—Más de doscientos.

—Parecen tristes —repetí—, sobre todo en las fotos de frente.

Josef me explicó después que estaba haciendo una historia de los animales, una historia paralela a partir de los animales y de lo que les sucedía en cada ciudad cuando acompañaban, reaccionaban y, en ocasiones, lo cual era extraño, anticipaban los acontecimientos históricos.

—Los movimientos de los animales, cuánta información viene de ahí —murmuró Josef—. Anticipan los bombardeos. Antes de que ningún oído humano escuche que se acerca un bombardero aún lejano, ya decenas de especies de animales empiezan a elegir sus refugios. Las ratas, ¡qué animales tan asombrosos! Anticiparon la Segunda Guerra. Parecían tener un mapa de los canales de Londres, como si tuvieran en la cabeza sus varios itinerarios y como si ya supieran lo que iba a pasar. Huyeron mucho antes de los bombardeos.

»¿Y sabe algo de la invasión de Europa por los escarabajos? ¿Le da risa? ¿No me cree? Se trata —continuó Josef Berman— de una verdadera invasión militar. Según los que estudiaron la cosa, los desplazamientos del escarabajo de la papa permiten seguir y comprender parte de los acontecimientos políticos, económicos y militares de los siglos xix y xx. ¿No me cree? —Josef Berman parecía entusiasmado— Pues le voy a resumir su recorrido —y continuó—: apareció y fue identificado por primera vez en 1850 en Colorado, en los Estados Unidos de América. El escarabajo siguió todos los movimientos de la fiebre del oro y, de esta manera, se propagó por California. Con los trenes llega al este, hasta el Océano Atlántico. Allí donde hay papas, hay escarabajos. Los escarabajos vienen después en barco a Europa, ese fue el medio que escogieron: un barco identificado históricamente, con una fecha precisa. Según los historiadores —dice Josef Berman—, esta primera invasión de Europa por parte del escarabajo no prosperó. Los alemanes vencieron a los escarabajos antes de fines del siglo xix. No crea usted que la tarea fue fácil. El escarabajo hembra pone, en cada desove, miles de huevecillos, ¡miles! ¿Sabe qué significa eso? No es fácil derrotarlos. Pero había que hacerlo: causan muchos estragos. Pero permítame continuar —dijo Josef Berman—. En 1917 los escarabajos volvieron a desembarcar, esta vez en el sudoeste de Francia, en Burdeos. Fue debido a la Primera Guerra. Los transportaron los soldados norteamericanos. Así que ahí lo tiene. Mientras los hombres se concentran y entretienen en sus guerras, los escarabajos aprovechan para reproducirse y propagarse. Hay que decir que, en términos prácticos, realmente sucede así: si los hombres más fuertes, más jóvenes y mejor equipados no hubieran sido llamados a participar en los diversos acontecimientos de la Primera Guerra, es posible que el escarabajo no hubiera podido entrar en Europa. Bueno, y ahí anda, el escarabajo, por todas partes; hasta nuestros días exige una lucha continua. Dejamos entrar a nuestros pequeños enemigos y ahora no somos capaces de expulsarlos. Si hiciéramos una historia de los animales —dijo Josef Berman— veríamos que no es paralela a la de los hombres; se cruza con ella, eso sí. A primera vista, parecería que nosotros tenemos más influencia sobre ellos de la que tienen ellos sobre nosotros. Pero no estoy seguro. No he estudiado lo suficiente.

—¿Es su hija? —preguntó de repente Josef, volviéndose hacia Hanna y poniéndole atención al fin.

—No —contesté—. La encontré perdida en la calle. Ya pregunté en las tiendas: nadie sabe quién es. Nunca la habían visto por aquí. Está buscando a su padre. Se llama Hanna. Hay una casa que acoge niños así, la voy a llevar.

Sin más comentarios, Josef se inclinó sobre su mochila y sacó de allí adentro otro álbum de fotos que abrió vuelto hacia mí, tomando, aunque con disimulo, la precaución de impedir que Hanna lo viera.

—No me malinterprete —dijo—, es otro proyecto.

Miré aquello, las primeras tres fotos que había ante mí. Estaba organizado exactamente de la misma manera. Tres fotos: una de frente y dos de perfil, numeradas y con otras indicaciones que no pude comprender en aquel instante. La organización era idéntica, pero estas eran fotos de personas. No de personas normales; después de pasar tres o cuatro hojas del álbum, lo comprendí rápido, no eran fotos de personas normales, sino de enfermos, de personas con discapacidades, unas con discapacidades visibles en el rostro —a veces sólo uno de los perfiles manifestaba el problema, el error, la cosa orgánica que no estaba en su sitio, pero siempre había algo: una enorme verruga, una quemadura que descendía desde el ojo hasta el cuello, y cosas peores —aún más monstruosas— que no vale la pena describir. O eran entonces las miradas las que acusaban una debilidad mental, un desentendimiento con el mundo, un grado por debajo de un cierto límite elemental que nos permite pensar que una persona sería capaz de defenderse —esos ojos revelaban que aquellas eran personas de las más frágiles, de las que no inspiraban miedo, sino pura compasión o, en ocasiones, en los casos más ostensiblemente físicos, una aversión instintiva.

—¿Para qué me está mostrando esto?

No me respondió, pero era fácil darse cuenta de lo que quería. Tras darme a entender que me pagaría por sus trabajos, el fotógrafo profesional Josef Berman, de manera inconsciente, por cierto, acercó los dedos de la mano derecha al botón de su cámara. Pero pronto se dominó instintivamente. Por lo demás, a partir de cierto punto, el álbum, que yo seguía hojeando preocupado de que Hanna no lo viera, se centraba por completo en fotografías de discapacitados con trisomía 21. Eran decenas y decenas de caras; en el centro, la foto de frente, al lado derecho, la foto del perfil *der.*, al otro lado, la del perfil *izq.*, decenas y decenas de caras que se sucedían pero que ahora transmitían una extraña sensación, como si se tratara siempre de la misma persona, porque de hecho las caras eran casi idénticas –los perfiles eran absolutamente uniformes, sólo en las fotos tomadas de frente mis ojos eran capaces de ver alguna que otra diferencia, pero era mínima–, sólo uno que otro, por los lentes, se destacaba.

–He sacado fotos en Bulgaria, en América, en todas las partes del mundo –dijo Josef, que iba siguiendo mi mirada sobre el álbum–. Son iguales, pertenecen al mismo pueblo.

Y eran, de hecho, iguales. Caras y más caras sonrientes, aceptando lo que la vida les había dado, aceptándolo todo, aceptando sin duda lo que aquel fotógrafo les había pedido, aceptando, sin entender ("SONREÍR O VOCALIZAR COMO RESPUESTA A LA PRESENCIA DE UNA PERSONA O SITUACIÓN AGRADABLE"), mostrándose incapaces de distinguir los dos lados del mundo. Probablemente capaces de distinguir los alimentos más comunes e identificar las principales divisiones de una casa, capaces de separar objetos de distintos tamaños y colores, pero muchos de ellos estarían aún más allá, cerca de alguna otra situación perversa que les parecería agradable, sonriendo, con aquella sonrisa seductora y tan ingenua.

IV. ¿DÓNDE?

–¿Dónde podemos buscar a tu padre?
   –*Blin* –respondió Hanna.
   –¿Tu padre está en Berlín? ¿Es de Berlín?
   –*Belín* –respondió Hanna.

II
LA REVOLUCIÓN-DECIR ADIÓS

I. El cartel

Ya en una de las estrechas y cada vez más oscuras calles laterales que llevaban a la estación de ferrocarriles aflojaron el ritmo, porque Hanna fijaba los ojos y, en consecuencia, las piernas, curiosa, en los movimientos de un hombre que estaba junto a la pared, movimientos que a veinte metros parecían la caricia absurda, repetida, de algún loco que se hubiera enamorado de un elemento neutro como ese. Marius obedeció a la desaceleración del paso de Hanna; aquello también le interesaba.

El hombre fijaba un cartel en la pared, y sus movimientos, que algunos pasos atrás parecían caricias sin sentido, ahora podían verse con claridad como gestos racionales, útiles, con un objetivo evidente. No era un loco, era alguien que no quería perder el tiempo; tenía una meta.

El hombre les dio la bienvenida con un suave giro de la cabeza y una breve sonrisa —no se había sentido amenazado—, y Marius, para sus adentros, se lo agradeció. Aunque la calle era evidentemente pública, se sintió como un huésped bien recibido.

—¿Un cartel? —le preguntó Marius al hombre.

—Sí.

Hanna, sin duda fascinada nada más por la imagen, pues era incapaz de leer, y Marius, que observaba con asombro cada pormenor, guardaron silencio casi por instinto. El cartel.

El hombre miró a Hanna.

—¿Es su hija?

—No —respondió Marius.

—Hola —le dijo el hombre a Hanna, que devolvió el saludo.

—¿Qué le parece el cartel? —le preguntó el hombre a Marius.

Marius respondió con la cara, sonriendo —y luego se encogió de hombros—. ¿Qué decir?

—¿Van a la estación? —preguntó el hombre.

—Sí.

—Voy con ustedes.

II. FRIED STAMM, LA REVOLUCIÓN

El hombre se llamaba Fried Stamm. Se había sentado frente a ellos. Viajaban en el mismo tren, en el mismo sentido. Fried aún no había dicho cuál era su destino, y ellos tampoco.

—En el fondo, lo que queremos es producir cierta confusión —dijo Fried, empezando a dar explicaciones como si Marius le hubiera hecho alguna pregunta.

Le contó que eran cinco hermanos, hermanos de verdad, la familia Stamm.

—Vinimos al mundo para boicotearlo —dijo—. Hacemos carteles y luego los pegamos en las paredes; somos cinco, pero nos movemos por toda Europa, como si fuéramos un ejército de cinco. Jamás nos detenemos, los que no lo saben han de pensar que somos cientos, tal vez miles, pero sólo somos cinco. Una mujer y cuatro hombres. Ella es la peor. No para. En el fondo —dijo Fred—, lo que intentamos es alertar a la gente, esa es nuestra función. Hay que evitar que las personas olviden, que sus mentes se paralicen, pero para eso es necesario que, primero, se detengan físicamente: por eso actuamos sobre todo en las ciudades, donde la velocidad promedio de la gente al caminar se ha incrementado mucho, no sé si lo habrá notado. Si calculáramos el ritmo al que se caminaba antes por las ciudades y lo comparáramos con la velocidad actual, concluiríamos que las piernas acompañan la evolución tecnológica: todo se vuelve más rápido, y las piernas no son la excepción; y por esta velocidad son indispensables los carteles, y carteles buenos, buenas imágenes, buenas frases, ellos son los que obligan a la gente a detenerse, a detenerse durante algún tiempo, el tiempo necesario para digerir ocularmente, digamos, la imagen, y para digerir después el texto, la frase, aunque tal vez ambos necesiten la misma cantidad de tiempo, y por eso buscamos imágenes y frases que se dirijan al cerebro y, dentro del cerebro, a esa parte en la que funciona la memoria; porque no podemos cometer el error de ofrecer imágenes a los ojos y frases al cerebro, debemos mezclarlo todo. No queremos causar escándalo, no se trata de eso, eso no es consecuente —dijo Fried—, sólo provoca alborotos localizados.

»Intentamos en parte recordar lo que sucedió y lo que está sucediendo en otro lado; excitar la memoria, a veces también es eso: mostrar lo que está pasando en el lado que no vemos. Ver lo que está muy lejos, querido amigo, esa es una de las grandes cualidades de la memoria, no se trata sólo de mirar hacia atrás, sino también de mirar hacia el fondo; la memoria tiene más que ver con el buen observador en el espacio que con el buen observador en el tiempo; y sí –prosiguió, sin que Marius dijera nada–, el ritmo de los pasos se ha incrementado mucho, pero lo que importa es la inmovilidad. No podemos observar mientras huimos.

»Intentamos ser discretos –dijo Fried–, pegamos los carteles en las calles laterales, secundarias, ahí es donde todo se va a decidir. En las calles principales no, hay demasiada luz, el ruido y la aceleración son excesivos; los carteles funcionan en lugares semioscuros, como esa calle en la que nos encontramos. Si hubiera venido con la niña por la calle principal, no nos habríamos cruzado, pero me caen bien las personas que llegan a las estaciones de tren por las calles secundarias, es una prueba de que tienen algo que ocultar, perdone que se lo diga, y eso me agrada.

»No se trata de provocar una revolución, no nos gusta esa palabra; se trata, ante todo, de un proyecto de acumulación: transmitir una inquietud progresiva, que crezca mes con mes, casi sin que nadie se dé cuenta. Repetir, no permitir que se instale ningún tipo de tregua o pausa, no rendirnos... para provocar una circulación de mensajes insatisfechos, de información indignada, repetir esos pequeños golpes para, al final, demoler: esa es, en parte, nuestra estrategia.

»A veces –continuó Fried– distribuimos folletos de mano en mano, pero no lo hacemos como se acostumbra: elegimos una a una a las personas que recibirán los folletos; tenemos un poco de dinero, pero no somos millonarios; por lo demás, esa no es la cuestión, se trata de una decisión: cuando entregamos folletos, seleccionamos a sus receptores por sus caras; con los carteles no: la propia gente se autoselecciona. Claro que elegir a la gente que recibirá los folletos a partir de su cara es un método arcaico, como si estuviéramos otra vez en la Edad Media, donde noventa por ciento de las grandes decisiones se tomaba a partir de la fisionomía. Mis padres ya murieron —dijo Fried—, cada cual en su lado del mundo, somos cinco hermanos y todos estamos vivos, cada cual en su rincón de Europa, y déjeme decirle que no sé dónde andarán hoy; calculo que el mayor ha de andar más al sur, estuve con él hace una semana, me dijo que iba hacia allá, aunque nunca es posible saberlo con exactitud. Pero en el que tenemos más esperanzas es en el chico, se llama Walter, Walter Stamm. Es el más inteligente. Y el más convencido de los seis. En realidad somos seis, pero el sexto no cuenta. Ya tiene mucho que se alejó de nosotros. Nos encontramos todos, los cinco, cada tres meses, exactamente el día 12 (de marzo, junio, septiembre y diciembre) en la casa que nos dejaron nuestros padres, y ahí sí, si alguno no llega, nos asustamos, pero hasta ahora siempre hemos llegado, algunos más tarde, algunos incluso cuando el día 12 está a punto de acabarse, ya en la noche… pero siempre hemos llegado, los cinco.

»Sabe, esto de los carteles es una manía, claro, tal vez no tiene efectos prácticos, dirá usted, pero si sacamos cuentas con calma veremos que no es así. Evidentemente acaban arrancando los carteles… Si la ley más reciente de la ciudad dice que en ese muro está prohibido pegar carteles, aunque el cartel, supongamos, revelara un secreto importantísimo, aunque pudiera salvar miles de vidas, aunque en un caso extremo, supongamos, pudiera salvar precisamente la vida del hombre que lo va a arrancar de la pared, y aunque ese hombre lo supiera, si fuera un hombre civilizado, un buen cumplidor de la ley, arrancaría el cartel, y de este modo se diría que es un buen ciudadano, y en ese gesto podríamos ver una especie de sacrificio clásico, el del individuo por el orden de la ciudad; y ese es el conflicto realmente importante: el que existe entre los que quieren mantener el orden y los que quieren provocar, primero, pequeñas manifestaciones de protesta, y después, sí... algún día, eso es lo que todos esperamos, la gente llegará de todas partes de Europa, se reunirá en un mismo camino y avanzará; hacia dónde, es una de las preguntas; hoy casi es imposible ubicar el lugar del orden, se dispersó demasiado, el orden, está por todas partes, ya no hay un palacio o un parlamento que valga la pena echar abajo. O tal vez sí, ya veremos cuando llegue el momento.

»Pero hablábamos de la eficacia de esto —dijo Fried—, si sacamos cuentas con calma, sin excesivo entusiasmo, si pensamos que un cartel pasará en promedio dos o tres semanas en su sitio —y digo en promedio porque algunos carteles los arrancan luego luego, al día siguiente, y en cambio hay otros que pegué hace años y que, tiempo después, cuando vuelvo al mismo punto de la ciudad, siguen allí, medio deshechos pero aún más fuertes, eso siento, como si su degradación amplificara intensidad de todo; están a punto de desaparecer, pero no se callan. Claro que por eso no pegamos los carteles en las calles principales; los arrancarían rápida, inmediatamente, y además sería un enfrentamiento de fuerza contra fuerza, luz contra luz; el cartel lucharía cuerpo a cuerpo con los anuncios de las tiendas, se confundiría con ellos, podría ganar o perder, y ganar equivaldría a llamar la atención de los que pasan, pero de cualquier manera sería una derrota, porque el cartel estaría haciendo frente a adversarios inútiles; elegir buenos adversarios es una de las tareas más difíciles, cualquiera puede ser un adversario y, al contrario, pocos de los que se cruzan con nosotros podrían ser nuestros amigos... Estamos hechos para el desacierto, para los desencuentros, encontrar enemigos es la actividad más fácil del mundo, no se trata precisamente de cazar un animal insólito; ¡nosotros, los cinco, elegimos bien a los adversarios de nuestros carteles! Pero haga usted las cuentas –dijo Fried–, si un cartel en promedio pasa dos o tres semanas en su sitio, y si durante tres semanas pasan por esa calle cinco mil personas... ¿le parecen muchas? No, son pocas. Cinco mil personas desde la mañana hasta la noche durante tres semanas son pocas. ¿Sabe cuánta gente hay en el mundo? Mucha. Y si de esas cinco mil personas la mitad se fija en el cartel, lee las palabras, mira la imagen durante uno, dos, tres, cuatro, cinco, seis, siete segundos, y siete segundos ya son mucho, pero mucho, mucho tiempo más del que la gente normalmente dedica a mirar una imagen, lo habitual son milésimas de segundo, sí, así es, una mirada que mira y huye, como si la gente temiera quedarse ciega por ver demasiado tiempo la misma imagen, muy pronto quiere otra; como si las demás imágenes, las que esperan la mirada de la gente, las imágenes en lista de espera, fueran a vengarse de los ojos de los que pasan demasiado tiempo frente a una sola de ellas; pero le decía –dijo Fried–, que si logramos que la mitad de la mitad de la mitad de la gente que pasa por esa calle mire durante uno, dos, tres, seis segundos nuestra imagen y nuestra frase, ya será bastante. Haga las cuentas: la mitad de los cinco mil que pasan por la calle son dos mil quinientos; la mitad de dos mil quinientos son más o menos mil doscientos; la mitad de mil doscientos son seiscientos, es una cantidad asombrosa, sí, excesiva; pero llevemos a cabo una de las operaciones más radicales: quítele un cero, no digamos seiscientos, sino sesenta, y si usted quiere podemos quitarle un cero más: en vez de sesenta, seis personas; si ese cartel que acabo de pegar, y que usted y la niña vieron, lo ven seis personas como lo vieron ustedes, que se detuvieron, lo observaron, lo digirieron, es que algo va a suceder, porque aquello es un cartel, un solo cartel; y nosotros somos sólo cinco, aunque estamos en todas partes, algunos ya nos conocen: la familia Stamm, hemos pegado miles de carteles en todas las ciudades de Europa, multiplique el número de personas que sufren la influencia de este cartel por el número de personas que, en este momento, en las calles más escondidas de Europa, se cruzan con nuestros carteles: son multitudes, es un ejército lo que estamos formando; y no se trata de tomar las armas, yo llevo un arma en mi equipaje, pero no se trata de eso, no queremos que la gente tome las armas, al menos no por ahora, queremos que la gente tenga buena memoria, que observe los detalles, que alimente una cierta rabia, una rabia que tendrá que contener, controlar y concentrar, para luego dejarla salir con más fuerza, pero en el momento adecuado, en sincronía con otras miles de tensiones concentradas durante años. Se trata de hacer crecer la rabia individual, pero al mismo tiempo de controlarla, de decir: "No, aún no, ya llegará el momento, pero aún no".

»Todo empieza con estas imágenes, con estas fotografías. Son nuestra introducción; nada de avanzar por el momento, nada de grandes cambios. Primero hay que lograr que el que va por allí vuelva atrás la cabeza, sólo eso, ligeramente, como un hombre que va caminando por la calle a gran velocidad o completamente distraído, que es casi lo mismo, y de pronto oye que lo llaman por su nombre, y como que despierta de repente y mira hacia atrás para ver quién lo llamó. Esto es lo que estamos haciendo, estamos llamando a los hombres uno a uno por su nombre, y esperamos que nos escuchen y miren atrás; sólo se trata de eso por ahora, ¿entiende? Pero tal vez pronto, muchos de los que fueron llamados por sus nombres se encuentren en el mismo espacio, con el mismo objetivo. Y entonces ya no será fácil mantener el orden, estoy seguro.

III. ¿CÓMO AYUDAR?

–Dirá que esto demuestra cierta megalomanía, y es verdad. Pero eso es todo lo que nos queda, no tenemos hijos, nuestros padres desaparecieron.

Súbitamente, tal como había empezado a hablar, Fried guardó silencio, y tras permanecer inclinado hacia adelante, dirigiendo su mirada y su cuerpo entero como un arma apuntada hacia nosotros, un arma que no se calló durante horas, de la misma manera dejó caer su tronco hacia atrás, apoyó la espalda en el respaldo del asiento, adoptando una postura de agotamiento rendido y, como quien les pide a los demás que ahora ellos se acerquen y repitan lo que él hizo, dijo, volviéndose hacia Hanna y hacia mí:

–¿Y ustedes? ¿De dónde vienen?

Intenté explicarle que yo no era un hombre platicador.

–Me gusta escuchar –le dije–, no tengo mucho que decir.

Entonces preguntó, volviéndose hacia Hanna:

–¿Cómo te llamas?

Hanna respondió. Él no comprendió. Hanna se lo repitió, él siguió sin comprender.

Yo repetí:

–Se llama Hanna.

–Hanna –dijo Fried–. Bueno.

–¿Cuántos años tienes?

–Catorce –respondió ella, y esta vez se entendió.

Fried le sonrió con simpatía. Ella dijo:

–Ojos: negros. Pelo: castaño.

Yo dije:

–Así se lo aprendió.

Después ella dijo:

–Estoy buscando a mi padre.

Fried sonrió, no dijo nada.

Yo dije:

–La encontré sola, pregunté en cada una de las tiendas que había a la redonda y toqué el timbre de todos los edificios de los alrededores, caminé durante días por la ciudad para ver si encontraba a alguien que la conociera, fui a las tres instituciones que tratan casos como este; una de las instituciones se dedica sólo a casos de trisomía 21 –dije, en voz baja–; cuando pregunté si conocían a Hanna la directora sonrió y me contestó que tenía ahí veintiséis Hannas, sólo que no se llamaban de ese modo, y después me confirmó que no, que nadie se había marchado de allí, que nadie escapaba de allí, porque, además, añadió, a todos les gustaba estar allí, y no podían recibir a nadie más, mucho a menos a alguien que no se sabía de dónde venía ni quiénes eran sus padres; que allí todos tenían padres perfectamente identificados, que aquella era una institución que educaba a las personas con discapacidad siguiendo métodos específicos aprobados por sus padres, y que en este caso no había padres, aunque en realidad me di cuenta de que el tema no era si existían o no los padres, sino si existía o no alguien que pagara cada mes. También le mostré su cajita, esta –se la pedí a Hanna y se la mostré a Fried–, donde están las fichas educativas para los niños con discapacidad, y la directora me dijo que sí, que era un método posible, pero que ellos no seguían esos pasos, que tenían un curso propio, que aquella caja no era de allí, y sí, le creí, en el fondo no tendría por qué no creerle –pensar otra cosa sería pensar que podrían haberla dejado escapar porque sus padres no pagaban, o porque alguien no pagaba por ellos, pero eso sería demasiado, y además Hanna no mostró ni la menor alteración emocional cuando fuimos a ese colegio; a mí me quedó claro que nunca había estado ahí, o bueno, no sé, tal vez no muestre reacciones de ese tipo, todavía no la conozco bien–, pero a partir de cierto punto tenemos que creer en la gente, no nos queda de otra –y yo le creí a la directora y le creo a ella– y quisiera que Hanna encontrara a su padre, quisiera ayudarle, pero tampoco soy un santo; hay una pista que creo que puede resultar, pero si al final de esa pista no encuentro al padre del que habla o a alguien con quien ya tenga algún tipo de relación, tendré que dejarla en algún colegio; estoy seguro de que alguna institución la va a recibir, aunque no tenga dinero ni padres.

Y me callé.

Pero después volví a empezar –Fried transmitía una sensación de seguridad y de firmeza que me hacía sentir cómodo, que tranquilizaría a cualquiera.

–En el peor de los casos, alguna institución de la iglesia se hará cargo de ella. Pero sin duda existirán leyes que contemplen estos casos antes de que uno tenga que recurrir a Dios –dije, y me reí de manera estúpida.

Hanna, sin embargo, mantenía su expresión simpática, me escuchaba como si estuviera hablando de otra persona, de otro mundo, me escuchaba como alguien que está en un país cuya lengua desconoce y que, por curiosidad, se pone a oír a dos parlanchines que en la mesa de al lado, en el café, hablan de algo que ella jamás entenderá.

–Estoy hablando de ti –le dije.

Y ella me respondió, y parecía que estaba jugando con nosotros, jugando con sus propias limitaciones: realmente parecía (aunque resulte extraño) ironizar:

–Ojos: negros. Pelo: castaño.

Y, tras decir esto, súbitamente se echó a reír, a reír con cierto descontrol; yo miré a Fried y después otra vez la miré a ella, y ambos sonreímos intentando transmitirle el mensaje de que sí, de que la entendíamos, entendíamos las razones de esa risa sin control. Tal vez no nos habían parecido tan intensamente cómicas, las razones, pero sí, las entendíamos, no eran absurdas: Hanna se reía con lógica, al menos eso era lo que mi sonrisa y la de Fried intentaban transmitirle. Luego, cuando terminaron aquellos segundos, que nos parecieron larguísimos,

Hanna dejó de reírse de esa manera, que, debo confesarlo, me avergonzaba –y yo, sin saber muy bien por qué, en parte porque nunca antes lo había hecho, puse mi mano sobre su mano izquierda, como quien manifiesta cariño, pero en realidad lo que el peso de mi mano estaba diciendo era simplemente "YA BASTA, DETENTE", y el peso de mi mano y la interpretación que le di me ponían por primera vez en la extraña posición de aquel que es responsable, en parte, por las hazañas, fracasos o desastres que provoca otra persona–. De hecho, el peso de mi mano me puso en esa posición de la que había huido muchos años antes, la posición de quien no puede simplemente correr cuando llega el momento de correr y, en cambio, tiene que mirar a otra persona que está a su lado y ayudarla a correr o darle indicaciones. Esto era un contratiempo, claro; pensé en la imagen ridícula de una persona que tiene que correr muy rápido para salvar su vida y de pronto mira hacia abajo y se da cuenta de que sus zapatos están demasiado viejos, ya no tienen parte de la suela y se deshacen a cada paso y, al desaparecer la barrera entre los pies y el suelo, el peligro ya no viene nada más de quien o de lo que nos persigue, y empieza a venir también de abajo, del suelo mismo o, para ser más exactos, de nuestros propios pies: son ellos, en última instancia (y no nuestros enemigos), los que nos obligarán a detenernos porque no soportaremos ya el dolor; yo conocía bien ese estado de debilidad en el que uno se rinde no por miedo a sus adversarios, sino porque le falla su propio cuerpo.

Al ver a Hanna con su postura de aceptación de todo,

una postura casi religiosa, mística, al verla allí, en el vagón, comprendí hasta qué punto me resultaría imposible explicarle que yo estaba huyendo —y que una persona que quiere esconderse no puede, no está en condiciones de ayudar a otra a buscar a alguien.

IV. Manual de instrucciones

Fried interrumpió mis pensamientos diciendo que eso que tenía en la mano, la caja de Hanna que contenía las diversas fichas con los pasos a seguir, casi lo hacía sospechar que alguien había creído tanto en los demás, en los hombres, que eventualmente había abandonado a su propia hija con un catálogo de fichas para que la educaran. Esto es, había confiado tanto en los demás –como un loco, susurró Fried–, que había creído que alguien podría no sólo acompañar a Hanna, sino enseñarle cosas y ayudarla a progresar en las metas referentes a (y Fried fue leyendo en voz alta algunas de las metas a medida que hojeaba el catálogo): "HIGIENE, MOTRICIDAD FINA, REACCIONAR ANTE ESTÍMULOS TÁCTILES Y CINESTÉSICOS".

–Yo hay veces que todavía no sé hacer eso –dijo Fried–. La mejor forma de reaccionar a un golpe es dando otro golpe o, en otras ocasiones, fingiendo que no se tiene la fuerza para responder, "ADQUIRIR HÁBITOS EN LA MESA, REACCIONAR A INSTRUCCIONES GESTUALES Y VERBALES, REACCIONAR A LA SEXUALIDAD DE UN MODO SOCIALMENTE

ACEPTABLE, REALIZAR TRABAJOS CON MATERIALES METÁLI-
COS, CUIDAR ANIMALES", y esta meta que sigue sí que es difícil, ¿cuántos de nosotros la lograremos? –y Fried leyó–:
"OCUPAR DE MANERA ADECUADA SU TIEMPO LIBRE", ¿usted
es capaz de hacer eso? –me preguntó Fried, yo sonreí
ante la pregunta, y sí, claro, ese método de aprendizaje
y educación para personas con discapacidad mental me
hacía preguntarme cuántos de nosotros no tendríamos
algún problema, mucho más leve, claro, pero ¿cuántos de
nosotros, por ejemplo, sabríamos "OCUPAR DE MANERA
ADECUADA NUESTRO TIEMPO LIBRE"?

–Sí, es cierto, pero hay que ser claros –dije yo–; ella
no es como nosotros, y esto no es una tragedia para nosotros, sino para ella. Nosotros podemos bromear al respecto; ella no, porque simplemente no es capaz.

–Es un poco, y discúlpeme la imagen –dijo Fried
vuelto hacia mí, interrumpiendo mi pensamiento y como
si le pidiera disculpas al padre mismo de la niña por la
grosería que iba a decir–, es un poco como si hubieran
abandonado una máquina a la mitad de la calle, una máquina desconocida, inusual o al menos muy rara, como si
la hubieran abandonado teniendo la delicadeza de dejar
también un manual de instrucciones, para que quien se
llevara la máquina extraña supiera qué hacer con ella, por
dónde prenderla, cómo sacarle el mejor provecho. Discúlpeme la imagen –repitió Fried–, pero esto es un manual
de instrucciones, hasta dibujos tiene –y, en efecto, tenía
dibujos de dedos torpes apretando botones, de manos
haciendo un esfuerzo excesivo simplemente para lavarse

los dientes, una tarea que no es de fuerza sino, en cierta forma, de pericia, digámoslo así, una tarea que requiere, si nos ponemos en los zapatos de alguien que tiene problemas motrices, una puntería muy particular–. Bueno –dijo Fried–, no sé si el que la abandonó se merece nuestro odio y nuestra venganza por haber cometido la canallada de abandonar a una persona demasiado débil como para defenderse mínimamente o si se merece nuestro agradecimiento.

¿Por qué habría de merecer nuestro agradecimiento?, quise preguntar, pero ya estábamos llegando a Berlín, a la estación.

V. Decir adiós

Fried, que se había quedado en la estación para esperar otro tren —su viaje continuaría—, nos recomendó un hotel no muy lejos de ahí, barato, propiedad de una pareja que protegía a su familia desde hacía muchos años y que, según dijo, nos cuidaría bien; y Hanna y yo nos dirigimos al hotel después de cenar, con la dirección escrita en un papel por el puño y letra de Fried, que había añadido al reverso ("No puedo", había dicho, "escribir puras cosas útiles") las enigmáticas palabras "LA VIBRACIÓN DEL PAISAJE NO IMPEDIRÁ LA VIDA", y enseguida: "de Fried Stamm, con cariño". Nos despedimos en la estación, extrañamente —pues apenas si lo conocía, no habíamos tenido más que unas horas de plática— con un fuerte abrazo, y después Fried repitió la acción con Hanna, pero muchas veces y estrujándola con tanta fuerza que temí lo peor, que reaccionara de manera imprevisible —¿gritará, empezará a moverse sin control?—. Pero no: ella respondió como pudo, golpeando repetidamente con sus brazos gorditos las ancas de Fried, como si este fuera un instrumento de percusión amigable, un instrumento que, al recibir golpes, lo abrazara a uno; y lo raro —otra persona diría lo bello, pero no lo era, al contrario: si se analizaba fríamente resultaba, a fin de cuentas, terrible— era que Fried, al igual que yo, parecía pedirle disculpas por no ser como ella, por ser normal y entender las cosas; por tener plena conciencia de que nosotros podríamos salir de nuestra tristeza fuese cual fuese su profundidad, al tiempo que ella no podría salir de la cantidad de incapacidades que tenía, como si la rodeara un exceso de mundo —porque el mundo es el mismo para todos, pero a ella le sobraba mundo y a nosotros a veces nos faltaba—. Aunque lo que más vergüenza me dio fue el último gesto de despedida de Fried y mi respuesta. Se despidió como si yo, Marius, fuera un hombre bueno, alguien que estuviera llevando a cabo un acto de una generosidad insólita, pero yo sabía que no era así, no obstante, ¿cómo explicárselo ahí y por qué habría de hacerlo? Entonces traté —y eso es lo que me avergüenza— de hacer también un gesto de despedida como si mi mano fuera realmente la mano de un hombre bueno; en el fondo, a veces estamos vivos sólo para eso; para aceptar lo que va sucediendo y avanzar.

III
EL HOTEL

I. El hotel

Tal vez eran excesivamente oscuras y apretujadas las pequeñas calles secundarias que llevaban al hotel, lo cual hacía sospechar que aquella dirección desembocaría en un edificio absolutamente deteriorado.

Planeaba quedarme ahí con Hanna algunos días. Y, si todo salía bien, podría entregársela a la persona correcta —o al menos eso era lo que pensaba con una fijación excesiva—. Había que buscar en la ciudad, en ciertos establecimientos, y seguir pistas a partir de un pequeño objeto que estaba en posesión de Hanna cuando la encontré, solita, y que podría llevarnos a localizar a su padre.

Aunque el hotel se encontraba en una calle peatonal cuya primera parte estaba dominada de un lado y del otro por prostitutas, era bastante luminoso y ya estaba a una buena distancia de las pensiones y cuartos que servían para la prostitución.

En la puerta, la mujer gordísima que nos hizo pasar lanzó una portentosa mirada de asco hacia esa zona. Nos siguió con pesadez y después pasó frente a nosotros para darle la vuelta al mostrador de la recepción del hotel. La recepción era amplia y no merecía ningún reparo. Parecía cómoda. La mujer, esa sí, era de una obesidad casi obscena, los pechos se le desbordaban del vestido pasado de moda, con un fondo verdoso y unos lunares negros que, a primera vista, parecían agujeros de dos a tres centímetros de diámetro, por los que, pensé, podría espiarse el interior de aquella mujer como se espiaría a escondidas por cualquier cerradura; y en ese momento imaginé que me agachaba para ver a través de uno de aquellos lunares del vestido y que, al colocarme en determinada posición, lograba ver al fin lo que sucedía del otro lado y, justo cuando estaba a punto de reconocer las formas que veía y darles un nombre, una púa, una aguja, algún objeto parecido me pinchaba de pronto el ojo y yo, gritando, saltaba hacia atrás y le decía a la dueña del vestido que ya no quería espiarla por ahí, que me había quedado ciego.

—¿Es su hija? —preguntó.

—Sí, respondí.

Le pedí un cuarto —dos camas—. Así nos hospedábamos siempre.

La mujer le sonrió a Hanna. Hanna le sonrió a ella. Era muy fácil simpatizar con Hanna; a veces demasiado fácil.

La señora puso la llave sobre el mostrador. Una llave normal, unida a una tablita de madera con un nombre. Fijé los ojos en el nombre del cuarto.

—¿No tienen número, los cuartos? —pregunté.

—Sólo tienen nombre. Es un hotel pequeño, es fácil

llegar a su cuarto. Está al final de este corredor largo. Lo va a encontrar luego luego.

Miré de nuevo la placa de madera. No había duda posible. Lo que estaba escrito en ella era AUSCHWITZ.

—¿Así se llama el cuarto?

—Sí —contestó ella.

—¿No tiene otro?

—Tenemos otro vacío. Y con dos camas. Pero si lo que le preocupa es el nombre, no hay mucha diferencia.

Y se apartó para dejarme ver el mapa de los cuartos, que estaba detrás de ella. Todos tenían nombres de campos de concentración: TREBLINKA, DACHAU, MAUTHAUSEN-GUSEN.

Marius pensó varias cosas al mismo tiempo. Tuvo el impulso de dar la media vuelta de inmediato y llevarse a Hanna de ahí, pero no lo hizo.

—¿Por qué lo hacen?

—Porque podemos —respondió con sequedad la señora—. Somos judíos.

II. El cuarto

La primera vez que hicimos el recorrido hasta el cuarto, casi le lastimé la mano derecha a Hanna por la fuerza con la que la estrujaba mi mano izquierda. En la otra llevaba la llave y mis dedos no cubrían por completo el nombre inscrito en la madera —cosa que me causaba aún más extrañeza y, habría que decirlo, un poco de miedo—. Miraba mi mano de reojo, y lo que veía, desde arriba, era esto:

AU.........Z

El espacio del centro estaba ocupado por unos dedos que, muy ligeramente, pero en definitiva, temblaban.

Avanzamos. Todos los cuartos, un poco arriba de la mirilla, tenían una placa de metal con su nombre. El primero del lado derecho era Buchenwald; el segundo, Gross-Rosen; el tercero era el nuestro, Auschwitz. Metí la llave en la cerradura, le di vuelta hacia un lado, luego hacia el otro: abrió. Con un brazo, empujé toda la puerta hacia adelante; Hanna entró rápido, como hacía siempre. Dentro del cuarto había dos camas –una más grande, que sería la de Hanna, y otra más pequeña pero al parecer cómoda, que sería para mí.

III. Las sonrisas en la calle

Cuando empezaba la mañana salimos del hotel –había mucho que hacer ese día– y sólo cuando ya estábamos lejos recordé que el hotel no tenía nombre, o que al menos su nombre no era visible en ningún lado –ni en la entrada ni en ningún documento que yo recordara–, lo cual no era importante, simplemente era un detalle al que debía prestar atención cuando volviéramos.

Ya al final de la mañana bajábamos por la calle principal, entretenidos con uno de los pasatiempos inconsecuentes que le encantaban a Hanna: contar cosas iguales –lámparas, banquitas de la calle– o personas con determinado tipo de vestimenta, personas con abrigos largos, una, dos... tres; personas con sombrero; una, dos, tres, cuatro, cinco, seis, siete; mujeres con el pelo largo; mujeres con el pelo corto; hombres con barba, sin barba; perros; autos negros, autos grises.

Le propuse entonces que contáramos a las personas que pasaban sonriendo y empezamos a contar, y al principio parecían pocas –una allá al fondo, dos, tres–, pero lo interesante es que había, y esto me quedó claro a partir de cierto momento, una relación directa entre las sonrisas y nuestra proximidad física, espacial. Objetivamente, eran muchas más las personas que sonreían cuando estaban muy cerca de nosotros. Podría pensarse que se trataba de pura casualidad y que, sencillamente, las personas que estaban a una distancia mayor sólo eran más neutras o infelices, pero en realidad lo que pasaba era que Hanna de alguna manera hacía trampa, inducía, sin tener conciencia de ello, la aparición de expresiones simpáticas. Casi invariablemente las personas que se cruzaban con nosotros dejaban caer algo que unos segundos antes les fruncía el ceño y, sin defensas de ningún tipo, nos sonreían de forma cariñosa y abierta, unas veces a ella, otras a mí, otras a ambos.

De este modo, el conteo que Hanna y yo llevábamos a cabo alcanzó unas proporciones claramente irreales. En quince minutos, tal vez, no más −en otra ocasión repetimos este juego y tuve el cuidado de registrar con exactitud el tiempo que duró nuestro paseo, pero entonces no lo hice−, en no más de quince minutos, decía, contamos setenta y seis personas sonrientes. Aunque bajábamos por la calle principal de la ciudad a una hora ajetreada del día −antes de la comida−, ese número no se justificaba; no hacía falta ser pesimista para darse cuenta de que era imposible que existiera tanta felicidad, digamos, por metro cuadrado. Y mi sensación era que Hanna constituía un elemento extraño que, como Moisés, parecía dividir las aguas a medida que avanzaba. Que la ciudad y sus elementos humanos –e incluso los no humanos (hasta las cosas fijas, los postes de luz)– se desviaban hacia un lado o hacia el otro cuando Hanna se acercaba, pero no como cuando pasa un hombre poderoso o una caravana de coches con insignias de importancia: la desviación que Hanna le imponía a la gente –una desviación concreta, física, un metro hacia la derecha o la izquierda– se llevaba a cabo con un placer profundo y evidente, un placer que se exteriorizaba, pues, casi infaliblemente, a través de una sonrisa en ese momento crucial, decisivo, en la historia de las ciudades, y al que rara vez se presta la debida atención, ese momento de intensidad extrema en que dos o más personas que caminan en direcciones opuestas se cruzan y se acercan no sólo al nivel de los hombros, sino también al de las miradas. Ese momento en que uno se cruza con los demás se convirtió para mí –en muchas otras ocasiones– en un momento de satisfacción, como si me murmurara a mí mismo: "¡Otro más, otro más!", en una especie de juego de seducción en el que, por lo demás, no era yo ni el sujeto ni el objeto de la seducción. Gran parte de la extraordinaria sensación de reconocimiento que sentía se debía a la expectativa creada durante el pequeño trayecto –espacial y temporal– que iniciaba en el momento en que a lo lejos, a treinta metros, digamos, veíamos a una persona, y terminaba en el referido instante en el que, si quisiéramos y nos esforzáramos, podríamos ver el color de los ojos del otro y el otro podría ver el color de nuestros ojos por ser tanta la proximidad. Y sí: la gente, cuando cruzaba la mirada con Hanna, sonreía con simpatía.

IV. Comer

Ese día nos detuvimos más tarde a comer y, sentados uno frente al otro en un restaurante, mientras la observaba devorar una rebanada de pastel, recordé las muchas veces que le había preguntado el nombre de su padre y lo que ella, invariablemente, respondía: que si decía el nombre de su padre le arrancarían los ojos y la lengua. Y decía semejante cosa con serenidad y, al mismo tiempo, con una especie de terror inclasificable:

—¡Si digo el nombre de mi padre, me arrancan los ojos y la lengua!

Y hacía gestos, simulándolo.

En eso pensaba yo mientras veía en su boca la batalla entre la comida y el lenguaje, entre el deseo de comer y el deseo de hablar, entre una necesidad, la de la alimentación constante, y una posibilidad, la del lenguaje, que nos distingue por completo de cualquier otra cosa o animal. Y me resultaba evidente que, si algún día nos faltara la lengua, si desapareciera, si nos la arrancaran como temía Hanna, nacería en nosotros un ansia extrema, y extrañaríamos no la capacidad de hablar bien, de pronunciar correctamente, sino, mucho más, el sabor, el sabor de la comida, la satisfacción fisiológica que la boca le quita, le roba, incluso, a cada alimento.

Y cuando yo le preguntaba "¿Quién te dijo eso? Eso de los ojos… la lengua", ella enmudecía y se marchaba a otro mundo, renunciando a mí, a explicarme. Yo a veces pensaba que quizá su propio padre le habría hecho esa amenaza, otras veces creía que podría haber sido otra persona –¿quién?, su madre, por ejemplo, si existía; Hanna nunca me había hablado de su madre, era un completo vacío en sus referencias; tampoco de un médico o de un amigo o alguna otra discapacitada con trisomía 21 que compartiera con ella los juegos a veces violentos de los niños–. En otras ocasiones yo llegaba a la conclusión de que Hanna, al cabo, me estaba diciendo algo sin un sentido concreto, que simplemente se lo estaba inventando.

IV
SUBIR Y BAJAR

I. Vértigo

Por la tarde encontramos la dirección del anticuario que yo estaba buscando. Era un edificio abandonado en la parte vieja de la ciudad, de cuatro pisos, en cuyos primeros tres niveles no vivía nadie, si consideramos que cada hogar presupone, ante todo, una puerta que pueda cerrarse y que señale la frontera, la separación entre el interior –la casa– y el exterior –el mundo–. Pues bien, hasta el cuarto piso no había ni una sola puerta, y lo que antes habían sido viviendas familiares, pobres, sin duda, eran ahora restos de elementos constructivos, como un texto que por un descuido repentino (una mancha de agua que se derramó) va perdiendo palabras y frases enteras hasta que se vuelve ilegible y llega a ese nivel de incomprensibilidad por debajo del cual cualquier idea de reconstruirlo es imposible. Eso es, pues, lo que Marius sentía al ver aquellos viejos departamentos entonces convertidos en ruinas, visibles para quien subía por las escaleras del edificio: eran casas, así, incomprensibles, casas que no se conciben como casas porque no se pueden reconstruir; los rasgos que quedaron, que sobrevivieron, no bastan; no se trata sólo de un rostro que se ha vuelto irreconocible, sino de un rostro que ha perdido su humanidad, y por eso exige otra palabra que lo designe. El ascenso para llegar a ANTIGÜEDADES VITRIUS fue, pues, un momento cargado de sensaciones, casi todas desagradables. ¿Y cómo interpretaría Hanna lo que veía?, pensaba Marius, ¿como un juego?, ¿como una broma de Marius? —¡ahora voy a llevarte a un lugar feo!—, ¿o como un conjunto de casas simplemente desordenadas que alguien, en poco tiempo, volvería a acomodar? ¿Estaría asustada?

—Allá arriba está el anticuario del que te hablé —repitió Marius tres veces, no sólo para calmarla, sino también, de alguna manera, para convencerse a sí mismo de que no se había equivocado. Más allá de este paisaje desolador que sólo podía discernirse a intervalos (porque, como no había luz en las escaleras, la única luminosidad provenía de las ventanas y manifiestamente no bastaba), estaba también el esfuerzo físico, que de pronto adquirió una evidencia absoluta por el sonido, en aquellas condiciones casi ensordecedor, primero de la respiración de Hanna y, después, del jadeo de Marius. Otra fuente de peligro, que adquiría a cada escalón mayores proporciones, era la ausencia de un pasamanos o de cualquier protección lateral, aunque fuese mínima, en la escalera de piedra, viejísima, de peldaños irregulares, de modo que Hanna y Marius tenían que subir lo más arrimados que podían a la pared, pues a partir del segundo piso la inminencia de una caída anunciaba una tragedia. Llegado un cierto punto, Marius sintió que aquello era el fin. Intentaba, como siempre, proteger a Hanna, y por eso le había dejado, naturalmente, la parte de adentro de la escalera –Hanna subía rozando a veces la pared con la mano izquierda, y apoyándose en ella cuando tenía que equilibrarse, y Marius tomaba, como de costumbre, también, la mano derecha de Hanna con la mano izquierda–, de manera que él subía por el lado de afuera, a menos de medio metro del agujero –que, como cualquier otro, estaba poco iluminado–, y eso lo situaba a unos cuantos centímetros, (la cosa empezó a hacerse palpable), de una caída aterradora. Marius nunca antes había sentido aquello, pero entonces, en aquel ascenso, le quedó claro: sufría de vértigo, y daba algunos pasos titubeando, no por la irregularidad de los escalones, sino, a partir de cierto momento, por una irregularidad motriz o, más precisamente, por la irregularidad e inestabilidad de algún centro de decisiones. Así pues, ahora no sólo oscilaba entre el pudor natural y la tentación de arrimarse cada vez más a la pared y por lo tanto a Hanna, en una proximidad física, un contacto físico que nunca habían tenido hasta entonces –Marius sentía por primera vez el enorme, asombroso, casi inhumano calor que emanaba Hanna–; no sólo oscilaba, pues, físicamente entre su lado izquierdo, donde la temperatura y la seguridad eran mayores, y su lado derecho –más peligroso y más frío–, también había en él un desequilibrio mental, psicológico. Marius sintió, al menos dos veces, con claridad, esas ganas de dejarse ir, de soltar la mano de Hanna y lanzarse al precipicio. Y tenía tanto miedo de lanzarse al precipicio —algo en su interior, algún mecanismo, lo incitaba a hacer precisamente eso—, que aquello era un combate, invisible para cualquier persona que observara la escena, pero muy real y concreto, entre lo que hacían sus músculos con todas sus fuerzas, buscando hasta el límite una especie de inflexibilidad muscular —¡No voy a hacerlo!—, y lo que hacía su voluntad, más inexplicable —que, en definitiva, lo empujaba por dentro y le repetía, como las malvadas, las malvadísimas sirenas, ¡lánzate, lánzate ya!

Marius respiró hondo —dos, tres, cuatro veces— y se concentró en el movimiento de sus pies, sólo de sus pies; pensó en ellos con tanto detalle que podía ver mentalmente la imagen de sus dedos, de sus plantas, incluso de sus uñas y concentrado, así, en el punto más bajo de su cuerpo, en sus elementos de soporte, fue subiendo, escalón tras escalón, apretando con violencia, sin ser consciente de ello, la mano de Hanna, cosa que ella debió haber entendido como otro gesto protector de Marius, y él también debió entenderlo así; aunque lo que ahí sucedía era lo contrario —Marius, sí, él, se protegía, encontraba un punto de fuga orgánico en alguien que al cabo, aparentemente, no podía proteger, en alguien que había nacido como separado de antemano de la función protectora—; Hanna y Marius, ambos sin comprender nada de lo que sucedía, lograron —y fue una hazaña, sin duda— llegar hasta arriba, finalmente, hasta el cuarto piso, donde de inmediato sintieron el consuelo de la luz eléctrica como quien llega a la civilización después de pasar varias semanas en la selva, aunque aún les faltaban algunos escalones. Y Marius entonces levantó la cabeza, y allá arriba, en una luz de neón de un amarillo percudido, como si de pronto se le hubiera revelado el nombre de Dios, en alfabeto latino, leyó: ANTIGÜEDADES VITRIUS. Y también quiso decir: "Es aquí", pero no le salió la voz.

II. La visita al anticuario Vitrius

Marius pasó largos minutos sentado en una silla que Vitrius —el anticuario del que en diversas ocasiones había oído hablar— le ofreció. Le describió la sensación de vértigo que había experimentado y Vitrius le explicó que era normal, que la luminosidad reducida, incluso la casi oscuridad de algunas partes de la escalera entre piso y piso, la agravaban.

—Es como si en la oscuridad sintiéramos que estamos aún más arriba, que la caída es aún mayor y, por lo mismo, más tentadora —dijo Vitrius mientras le entregaba un vaso de agua con azúcar—. Esta niña tiene que cuidar a su padre —dijo, sonriéndole a Hanna con simpatía.

Marius quiso explicarle que él no era el padre de la niña, pero seguía jadeando —¿y eso qué importaba?—. Hanna sí que se había recuperado con una rapidez extraordinaria del esfuerzo de la subida. Hay que decir, no obstante, que el estado de agotamiento de Marius no se debía tanto al esfuerzo físico concreto, sino a la ansiedad que le había causado el vértigo.

Finalmente, Marius sonrió.

Vitrius era un hombre altísimo, de complexión sólida, con una pequeña barbita. Físicamente recordaba a las imágenes de Don Quijote. "Bueno, por eso fue", pensaba Marius, "que subimos tanto, a oscuras y a duras penas, porque veníamos a ver a Don Quijote. No podía ser fácil llegar hasta aquí", pensó, con buen ánimo y ya casi recuperado.

Vitrius le dijo que a él le gustaba que fuera difícil llegar a su tienda.

—Sólo suben hasta acá —dijo— los que de verdad quieren algo. No hay clientes que entren aquí y se vayan sin dejar dinero —se rio—, aunque sea por devoción, como quien deja dinero en la caja de diezmos de un santuario construido en algún sitio elevado; todos dejan dinero aquí; se llevan por lo menos una pieza y no me regatean. Espero que usted haga lo mismo —y sonrió de nuevo—. ¿Tiene dinero?

Marius sonrió y le respondió con un movimiento de cabeza que sí, que no se preocupara, que tenía dinero.

III. Don Quijote

–Mi estimado Don Quijote –dijo Marius, y Vitrius le devolvió una sonrisa–, ¿sabrá usted –continuó mientras se sacaba algo del bolsillo– a qué objeto antiguo pertenece esto?

Y rompió el papel que envolvía la pieza de metal; luego se la tendió a la más perfecta réplica física de Don Quijote, al anticuario Vitrius.

Vitrius tomó la pieza y la observó en silencio, dándole vueltas con la mano. Era un objeto que Marius había hallado en un bolsillo de Hanna cuando se encontró con ella, perdida a media calle, pidiéndole ayuda para encontrar a su padre. Era una pista. En la base de la pieza estaba escrito: "Berlín". Parecía una balanza minúscula, pero no lo era.

–¿Puede identificar este objeto?

Vitrius siguió en silencio durante varios segundos que a Marius le parecieron irritantes; en cierto punto, durante una milésima de segundo, sintió un odio brutal hacia aquel hombre que permanecía callado como alguien que tiene poder y lo ejerce frente a quien no lo tiene. Y lo odió simplemente porque no dijo unos cuantos lugares comunes, alguna frase, o aunque fuera un par de palabras inconexas y sin sentido, al menos eso –lo odió durante esa milésima de segundo y se arrepintió, de inmediato, de haberle sonreído y de haberle dicho Don Quijote–, esa manifestación imprudente y demasiado rápida de una cercanía que, muy claramente, no podría existir en una persona a la que veía por primera vez. Pero así como apareció, en una milésima de segundo, esa sensación de odio desapareció poco después y, aunque las palabras que escuchó Marius eran casi inconsecuentes ("No sé", se limitó a decir Vitrius, "no identifico esto..."), el anticuario volvió de nuevo, ante sus ojos, a la condición de un Don Quijote que se había vuelto loco por las antigüedades, con una tienda en el cuarto piso de un edificio abandonado y que había adoptado esta posición geográfica no sólo como estrategia y garantía de eficacia comercial, sino incluso como una posición existencial –no perder tiempo con los *clientes del vacío,* así llamaba Vitrius a los que entraban sólo para ver, como quien va no a una tienda –bromeaba Don Quijote–, sino al cine. "Así tengo tiempo para lo demás", decía Vitrius. Y lo demás era inmenso; múltiples tareas que iban del estudio de libros antiguos –cuyos pasajes transcribía Vitrius en sus cuadernos– a la recuperación de piezas antiguas con algún defecto o con partes descompuestas. Uno de los cuartos, al fondo de la tienda, del lado izquierdo, era un pequeño taller de no más de seis metros cuadrados, pero capaz de alojar una enorme cantidad de pequeñas máquinas –un torno, una soldadora, sierras, cepillos de carpintero, etcétera–, un taller donde era posible ver, sobre una gran mesa de madera, la existencia de infinidad de trabajos a medias; y comprendí tan pronto y tan bien el placer que le provocaban a Vitrius sus estudios, sus trabajos de recuperación de objetos antiguos y una serie de otras labores –algunas, cierto es, mucho más absurdas e incomprensibles–, que me quedó claro que la tienda no era más que el exterior visible del enorme mundo que existía en la parte de atrás. Vitrius –lo comprendimos algún tiempo después, cuando la confianza ya se había instalado entre los tres– vivía allí mismo. Uno de los cuartos –eran cinco en total– era una habitación pequeñísima; todos los cuartos eran minúsculos, excepto el área de la tienda, donde estaban expuestos los objetos antiguos. No tenía más que una cama estrecha y un armario ocupado de arriba abajo por libros, y repisas con más libros aún rodeando la cama por completo y, al cabo, lo que más sorprendía eran las dimensiones de aquella habitación que no tendría más de cinco metros cuadrados –un poco más grande que la mesa de trabajo del otro cuarto– y lo desproporcionado que resultaba ese tamaño si se le comparaba con la impresionante cantidad de libros que cabía allí. Excepto algunas prendas de vestir amontonadas, no había otra cosa, ni una sola antigüedad, un cenicero, un vaso, un lápiz, nada –al menos hasta donde Marius pudo ver con sus ojos normalmente eficaces–, nada más que libros, dobles filas de libros, repisas donde ya no podría caber ni el más minúsculo tratado sobre la delicadeza; repisas atiborradas como si fueran –Marius tuvo esta imagen en la cabeza durante algunos instantes– hielo dentro de un congelador que exigiera más espacio y que, tras forzar la puerta a abrirse, ya al aire libre, no se descongelara, sino que, al contrario, manteniéndose sólido, siguiera creciendo, avanzando muy lentamente, como un animal mudo y con una paciencia gigantesca que, poco a poco, obligaría al dueño del cuarto a irse. Marius sentía que aquello era inminente: los libros acabarían obligando a Vitrius a irse –había varias pilas de libros en el suelo, y casi toda la superficie de la cama estaba cubierta de libros–. Resultaba claro que, para poder acostarse, Vitrius tenía antes que poner los libros en el suelo, probablemente con cuidado y orden, pues a pesar de aquella confusión, los libros estaban muy bien conservados, no tenían dobleces visibles ni ningún signo de maltrato. En realidad no entramos al cuarto, nos asomamos por la puerta –primero yo, después Hanna, a quien todo aquello le pareció fascinante y se rio durante muchísimo tiempo–; era imposible entrar, las dimensiones eran en verdad reducidísimas, y el piso, como dije, estaba lleno de libros –que nadie podría, de ninguna manera, pensar en pisar–. Así que Vitrius se metía directamente en la cama, dejando, según nos explicó, los zapatos afuera, y no sin antes pasar de la cobija al piso varios libros –hacía esto estirando la mano derecha, con los pies y la mayor parte del cuerpo todavía fuera del cuarto–, y de este modo, sólo después de dejar su cama despejada, aprovechando su particular flacura y agilidad, se zambullía –y esta no es la palabra correcta, porque lo hacía de una forma muy lenta, pero tal vez no exista la palabra correcta–, se zambullía, pues, cuidadosamente, en la cama, apoyando en ella primero la mano derecha, lo más lejos posible, luego la mano izquierda, y desplazando después el resto de su cuerpo, una rodilla sobre la cama, por lo regular la derecha, y a continuación la otra, y ya estaba ahí dentro, en el cuarto, sobre la cama.

Después nos explicó que todas las noches sentía como si estuviera entrando en un túnel y sin duda su agilidad y su complexión física se debían en parte a la costumbre, que ya tenía desde hacía muchos años, de meterse así en la cama. Tengo que ser bastante flaco, bromeaba Vitrius, de otra manera no podría vivir aquí. Para bajarse de la cama sin pisar en ningún momento el suelo del cuarto, Vitrius primero arrastraba las nalgas desde la cabecera hasta los pies de la cama, y después, recurriendo una vez más a una agilidad poco común, ponía un pie en el suelo, fuera del cuarto. En general se bajaba primero con el pie izquierdo, y después se agarraba con las dos manos del umbral de la puerta, orientaba su peso hacia adelante, se impulsaba bruscamente hacia afuera del cuarto, y así era, pues, como se bajaba de la cama todas las mañanas, como si acabara de caerse, según decía él mismo, porque el segundo pie aterrizaba en el suelo con una velocidad y un impacto muy fuertes –y esta sensación de despertar de un salto era para él ya casi indispensable, según nos dijo–. Se trata de salir del cuarto y entrar en día ya en pleno movimiento; sin prólogos ni introducciones, decía Vitrius:

–Entro de golpe en los otros cuartos con el impulso que viene de mi forma de bajarme de la cama. Nunca siento que estoy despertando –prosiguió–, siempre siento que ya estoy despierto, como si no existiera un momento intermedio en el que salgo del sueño y me preparo para iniciar el estado de vigilia y actividad; para mí, por el contrario, sólo hay dos momentos: el de la actividad y el del sueño. Y me gusta dormir –añadió–, no me quejo de eso; es la más hermosa de las necesidades que nos han impuesto –murmuró–, tal vez la única –y tras decir esta frase, que oscilaba entre la grandilocuencia y la ironía, Vitrius puso la mano sobre el cuello gordo de Hanna y, simpáticamente, como si le pidiera disculpas por hablar tanto, empezó a hacerle, primero con el dedo índice y después con todos los demás, unas cosquillas tan eficaces que llegado cierto punto, yo mismo, aunque agradecía su gesto y lo comprendía, tuve que pedirle que se detuviera. Ya conocía a Hanna lo suficiente como para saber que el desarrollo de aquellas carcajadas podría no ser el mejor.

–Don Quijote es tu amigo –le dije después a Hanna mientras intentaba calmar su risa, que ya empezaba a descontrolarse.

IV. LA MANO

Vitrius quiso mostrarnos después una de sus piezas.

—Una curiosidad —dijo. Y a mí me gustaba todo aquello, me gustaba tanto aquello que ya me había olvidado de todo lo demás.

Estábamos en el cuarto gigante que conformaba la tienda propiamente dicha. Había piezas por todas partes. Y cada una de ellas parecía estar ahí como la primera parte de una historia larga, extraña, insólita y emocionante. Como si fueran —eso pensé— títulos de libros, como si lo que viéramos no fuera más que eso, las portadas con los títulos, una especie de mancha, en este caso material, concreta, que sólo le diera al espectador una idea del tema, por así decirlo, del objeto —si se trataba de un arma, de un utensilio que en otro tiempo se usaba en la cocina o de una herramienta que los hombres llevaban al campo—. Pero lo que fascinaba a Marius no eran propiamente los objetos: lo que le interesaba era ver esas piezas como los restos de una o más biografías. No le interesaban tanto los objetos que veía, aunque algunos, sin duda, tuvieran formas extravagantes; le interesaban mucho más las manos que habrían estrechado, jalado, empujado o adorado a distancia cada uno de aquellos artefactos. Por lo demás, llegado cierto punto, eso era lo que Marius veía —sólo veía lo que no estaba allí—, observaba, como un simple espectador, una especie de baile de manos, un baile infinito de manos incontables.

—¿Cómo se agarra esto? —era la pregunta que repetía Marius mientras señalaba objetos con formas insólitas que, a veces, claramente tenían una utilidad misteriosa.

A primera vista, muchas de aquellas antigüedades producían la extraña sensación de haber pertenecido a otra especie humana —como si la evolución no sólo fuera técnica, sino de los propios organismos—. A Marius casi le parecía evidente que no podían ser manos como las suyas las que habían manipulado aquellos objetos —obtusos casi todos, a primera vista o feos simplemente por incomprensibles—. Algunos, claro, eran antepasados más o menos recientes de objetos que se seguían usando en ese tiempo —una extraordinaria balanza plateada, por ejemplo— y entonces se sentía como un niño ante las fotografías de su abuelo: había semejanzas físicas, restos fisionómicos que habían resistido de una generación de objetos a la siguiente.

En Marius, pues, por encima de la preocupación de que Hanna rompiera algo con un movimiento torpe, había un esfuerzo mental que le producía un placer evidente, un esfuerzo mental que se fijaba, como decíamos, en lo que las manos podían hacer allí, en torno a esos objetos. Y lo más notorio, lo que saltaba a la vista como una disminución del hombre, era que todos aquellos objetos que lo rodeaban estaban hechos para manipularse, para conectarse, accionarse, empujarse, sostenerse solamente con las manos. Y eso producía la sensación de que la especie humana estaba privada de cualquier otro órgano o miembro —pies, piernas, tronco, cabeza—, todas estas partes parecían cumplir simplemente con la función de sostener a las manos, existían para que las manos no estuvieran flotando en el aire, abandonadas.

Por eso fue con placer y con un alivio casi inconveniente, que nadie comprendería si se lo explicaran, que Marius se fijó, entre cientos de piezas, en una de las chucherías de Vitrius: unos pedales, unos extraordinarios pedales que servían para echar a andar una máquina de coser. Después, la mirada de Marius como que se especializó —en pocos minutos, empezó a concentrar su atención sólo en algunas cosas y se volvió indiferente a las demás—. Un poco como sucede cuando los ojos se adaptan a la oscuridad: en un primer momento parecen quedarse ciegos, pero poco a poco recuperan la capacidad de ver, de separar en el espacio un objeto de otro, de comprender que un objeto está delante y otro detrás, uno más a la izquierda, otro más a la derecha. Pese a la fuerte luz que inundaba toda la tienda, Marius sintió, pues, que sus ojos, después de pasar un rato en absoluta oscuridad, viendo sólo un elemento —los objetos hechos para las manos—, se habían adaptado, y ahora, pocos minutos después, eran como sabuesos en busca de objetos de otra naturaleza. Y estos empezaron a aparecer. Después de fijarse en los pedales, la mirada de Marius saltó hacia un objeto enorme, antepasado cercano de los microscopios; y después de este objeto para los ojos vio un objeto para los oídos, un teléfono con un diseño extraño, rectangular; y después unas cajas de polvo –¿qué sería aquello?– claramente dedicadas al olfato humano. Su mirada ahora daba saltos y, en vez de avanzar con los pies de piedra en piedra para no caer al agua, se posaba, como esos saltos, en los objetos más insólitos, a los que no rondaba el fantasma de la mano. Pese a ello, si las dimensiones de cada miembro humano dependieran de la cantidad de objetos que había allí para, digamos, servirlo, el hombre sería una cosa monstruosa: tendría unas manos enormes, colosales, dominantes, unas manos que se convertirían en el rostro, en la parte del hombre que no es posible dejar de ver, y todo lo demás –sus pies, ojos, cabeza, tronco– no sería más que vestigios –marcas de una presencia distante–. Marius –y tal vez también influyó en ello el hecho de que en ese momento Hanna le apretara con fuerza la mano como tantas veces, transmitiéndole el calor de su cuerpo– recordó entonces un episodio que había vivido algunos años antes, un episodio que aún entonces, de vez en cuando, se filtraba en sus pesadillas.

Se había sentado en un café con mesas al aire libre y lo había atendido un hombre joven de excelente aspecto, realmente guapo, cuyos gestos, sin embargo, pronto dejaron ver un atisbo de inseguridad que puso a Marius en guardia. En poco tiempo se dio cuenta de que el empleado intentaba hacerlo todo manteniendo discretamente la mano izquierda cerca del tronco, de tal manera que no entrara en acción. La primera vez que Marius vio de algún modo en escena esa mano no le permitió sacar conclusiones −era la mano que estaba debajo de la charola−. Pero aún así experimentó la sensación repentina de que algo no era normal. Aunque no era del todo visible, una especie de energía inquietante salía de allí, de abajo de la charola, una energía a la que Marius no podía resistirse. Y su mirada empezó a tener un objetivo concreto durante esos pocos segundos: comprender qué sucedía allí, bajo la charola. Claro que no se trataba de un suceder, no sucedía nada allí, nada estaba propiamente llevándose a cabo en ese momento, pero había algo allí, y lo que había allí se hizo evidente pasados unos instantes. El empleado posó la charola en la mesa, puso ante sus clientes unas botellas y unos vasos con la mano derecha y, allí, a pocos centímetros de aquella acción, junto a la charola, pero esta vez más cerca del borde, estaba su mano izquierda, que esta vez, en ese ángulo dejaba ver toda su monstruosidad. Y lo que más terror le inspiró a Marius, lo recuerda bien, fue que esa monstruosidad no era el efecto de una deformación, de algo que estuviera mal, defectuoso o ausente; al contrario: era una mano perfecta, tenía los cinco dedos, y los dedos estaban proporcionados entre sí y en relación con la palma, sólo que esa mano era gigante, enorme, medía tal vez mano y media, y esta mitad extra, que podría en primera instancia parecer poco relevante, tenía consecuencias absolutamente pavorosas. El terror, y de esto se trataba, en efecto, se debía precisamente a la armonía que había en torno, a que todo estaba bien, a que todo estaba en su sitio –a que aquel hombre tenía un rostro hermoso, simpático, a que tenía un cuerpo casi de atleta y, de pronto, allí, esa mano izquierda, enorme, como si le hubieran injertado la mano de un gigante–. Cuando las dos manos por alguna casualidad se acercaban, el contraste era terrible –y todos los movimientos previos de ese hombre, toda la inseguridad que había mostrado antes, tenían al fin completo sentido para Marius–. Toda la existencia de aquel hombre, por extraordinarios o monótonos que fueran sus acontecimientos, estaría marcada por un solo objetivo: vivir intentando ocultar, en la medida de lo posible, su mano izquierda. Ahora Marius, como muchos otros, intentaba mirar aquella mano con toda la discreción de que era capaz, procurando que el mesero no se diera cuenta –pero claro que aquel hombre desde hacía mucho tiempo había comprendido dónde se localizaba su sufrimiento, dónde se localizaba su desgracia–. Aquella mano enorme sabía que la observaban constantemente.

Y Marius pensó que, en definitiva, y aunque en todo lo demás fuera normal, hermoso incluso, aquel hombre estaba reducido a su mano gigante; aquel hombre jamás dejaría de tener en mente la imagen de su mano, moriría pensando en su mano izquierda gigante, recibiría la extremaunción pensando en su mano gigante, entraría al otro mundo, al mundo de los muertos, intentando todavía y siempre ocultar su mano izquierda.

V. Las dos manecillas

—Este reloj es una preciosidad —dijo Vitrius—, fíjense.

Y todos nos acercamos. Hanna murmuró algo que no se entendió.

Marius seguía pensando en la imagen del hombre de la mano gigante, en su ataúd abierto en su velorio con la mano derecha sobre el tronco y la mano izquierda tapada, como un último gesto de cuidado y amor por parte de su mujer o de su hija.

—¿Ya vieron? —dijo Vitrius, dándole la vuelta al reloj.

A primera vista no era más que un reloj viejo y averiado con una sola manecilla: la de los minutos.

—Este reloj tenía claramente dos manecillas, dos, de eso no hay duda. El minutero, que está aquí congelado, muerto, porque acá atrás se detuvo lo que lo hacía funcionar —y Vitrius le dio la vuelta al reloj y nos mostró el mecanismo—, pero acá atrás, miren, hasta miedo da: el mecanismo de la manecilla de las horas, la manecilla que ya no existe, ese mecanismo sigue funcionando, sigue en marcha, ¿pueden verlo? Es perturbador.

Y lo cierto es que entonces, en ese instante, dejamos de hablar. Se instaló el silencio y hasta Hanna se quedó callada observándonos, con asombro, más a nosotros que al mecanismo del reloj, intentando comprender nuestra estupefacción. Lo que yo veía ahora con toda mi atención era algo que supe de inmediato que —como la mano gigante del mesero— no olvidaría. El mecanismo de la manecilla de las horas seguía girando, girando con el ritmo adecuado, constante, en una palabra: funcionaba, estaba vivo. Pero del otro lado no había un miembro que exhibiera esa vida interna del reloj, que la exteriorizara. Como los hombres que, muchos años después de perder un brazo, siguen sintiendo que su fantasma se mueve en el sitio donde ya no hay nada, tampoco allí había un miembro que se moviera, pero seguía estando presente el deseo de moverlo.

Seguimos callados algunos instantes, con los ojos fijos, hipnotizados por aquella pequeña parte del reloj que seguía girando inútilmente, girando siempre al mismo ritmo; como si ese movimiento inútil e incesante los mirara a ellos, a los tres —a Hanna, a Vitrius y al propio Marius— y le pidiera ayuda a cada uno; como una persona que está ahogándose, pero que nunca se ahoga del todo y tampoco la socorren y así se queda, pensó Marius, en la angustia de cumplir eternamente una condena en el infierno sin un momento de pausa, al borde del ahogamiento.

—Estoy buscando a mi padre —dijo súbitamente Hanna, interrumpiendo los devaneos de Marius y de Vitrius. Marius se quedó callado.

VI. El descenso

Salieron —Marius y Hanna— de aquel edificio que se caía a pedazos.

El descenso, pese a todo, fue menos angustiante, y Marius casi se olvidó del vértigo, tal vez porque tenía la cabeza llena de imágenes y seguía fascinado con aquel Don Quijote.

Vitrius se quedó con la pieza. Le había respondido que necesitaba investigar, hablar con algunas personas para saber con absoluta seguridad qué objeto era el que Hanna llevaba en el bolsillo el día que Marius la encontró.

Vitrius le había pedido algunos días.

Allá arriba, en la tienda, el propio Vitrius —con la pieza en la mano— le preguntó a Hanna lo mismo que Marius le había preguntado ya varias veces:

—¿Esto era de tu padre?

Y ella contestó que sí, que era de su padre.

—¿Cómo se llama tu padre? —le preguntó Vitrius, procurando, él también, tomar por asalto las defensas de Hanna.

—No puedo decir su nombre —respondió Hanna—. ¡Me arrancan los ojos!

Y lo dijo, como muchas otras veces, sonriendo, como si estuviera diciendo algo muy divertido o como si contara una anécdota.

Marius decidió dejar la pieza con Vitrius. Confiaba en él. Volvería pasados algunos días, eso acordaron. Aunque la perspectiva de tener que subir de nuevo aquellas escaleras a oscuras y sin ninguna protección lateral lo angustiara, le agradaba la idea de volver. Sería una forma de pasar un poco más de tiempo con Don Quijote.

VII. Gritar

Ese día volvieron al hotel con una tranquilidad que sólo el cansancio satisfecho puede dar. Todo lo que a Marius antes le había resultado chocante en ese hotel ahora le parecía natural, incluso ligero. La señora gorda los recibió con una sonrisa, les dio la llave del cuarto y, al ver que vacilaban, los guio. En realidad no era fácil orientarse. Marius, por lo menos, no había comprendido aún la lógica de aquel lugar. Pasaron por los corredores con la cabeza gacha. Marius miraba de reojo esos nombres, pero estaba tan cansado y seguía tan distraído con el cuarto piso del anticuario, que no veía nada detrás de aquellas palabras, le parecían simplemente letras que por pura casualidad se habían reunido unas con otras (como cuando dos personas se encuentran por azar en una esquina). Allí estaban, en las placas metálicas, algunas letras: una *T*, una *R*, una *E*, *B*, *LINKA*, letras del alfabeto latino, grandioso invento, y ahí estaban también ellos dos, ya frente a su cuarto, guiados por la dueña del hotel que se despedía discretamente de ellos.

Marius abrió la puerta, giró la manija hacia la izquierda, lanzó una mirada rápida a las últimas letras, *WITZ*, le dio un jaloncito a Hanna para que entrara y, una vez en el interior, había que hacer lo que había que hacer: prender las luces, ponerle seguro a la puerta por dentro, mover un poco su pequeña cama para enderezarla, y preparar a Hanna, intentar convencerla de que se lavara los dientes, que se bañara, y después sí, a dormir, porque Marius estaba cansado, y al otro día y en los días que le siguieran, habría que seguir buscando al padre de Hanna; a veces Marius pensaba que no existía, que estaban buscando a una persona inventada por Hanna, pero tenía que seguir buscándolo, por obvias razones; él no podía seguir con ella, era una niña que tenía trisomía 21; Marius no era médico, ya sabía algunas cosas, había leído, estaba adquiriendo práctica, incluso había visto a Hanna progresar un poco, pero no era esto lo que él quería, su vida era distinta, no tenía nada que ver con esto, él tenía que ocuparse de su asunto, esconderse lo mejor posible, estar atento a las noticias, escuchar la radio, saber si debía mudarse de ciudad, si su escape tenía que ser obvio, si era necesario correr, si se trataba de permanecer escondido un tiempo más, de mantenerse alejado de algunos sitios, de irse apartando de donde partió, en fin, había asuntos que él tenía que resolver solo y esa niña no podía ayudarle porque no entendía nada, no podría entender nada aunque él se lo explicara, porque había algo que la dominaba por completo, que paralizaba su existencia como se paralizan por la espalda los brazos de una persona para inutilizarla y arrebatarle toda capacidad de resistencia: la discapacidad le atenazaba los brazos, se los comprimía por la espalda, y, como al mesero del café, el de la mano izquierda enorme (después supo que aquello se llamaba precisamente gigantismo. Podía afectar cualquier miembro; lo normal −dentro de lo insólito de la enfermedad− era que afectara el cuello, incluso las orejas, pero, en ese caso, había afectado una mano), también a Hanna alguien, algo, un gen, una distorsión ya muy estudiada y conocida por la ciencia, le había reducido la existencia no a la mano izquierda, como al empleado del café, sino a algo difícil de definir. Como una persona que quisiera gritar, pero no tuviera órganos para hacerlo y así permaneciera años y años, hasta que la muerte, con la delicadeza de que a veces es capaz, la recogiera y la llevara a un sitio donde finalmente tuviera los órganos necesarios para gritar.

Marius le preguntó a Hanna si estaba bien, ella dijo que sí; Marius dijo:

−Buenas noches.

Hanna respondió:

−Buenas noches.

Marius se puso contento y apagó la luz.

V
EL NOMBRE

I. La forma del hotel

Pasamos casi todos los días siguientes en el hotel. Hanna se entretenía con los juegos que estaban dispersos por las mesas comunes –cartas, damas, etcétera.

La dueña del hotel le hacía compañía a Hanna, que claramente la estimaba. La mujer se llamaba Raffaela y tenía suficiente paciencia como para pasar horas jugando un extraño juego de cartas cuyas reglas sólo Hanna parecía conocer –y las cambiaba a cada jugada–. Algunas expresiones y bromas de Hanna hacían reír a Raffaela a carcajadas, y su marido, "el judío Moebius", como él mismo se había presentado –un esqueleto, en perfecto contraste con su mujer–, se volvió mi confidente; esas noches, nuestras charlas a veces acababan casi hacia las doce, una hora excesiva para Hanna, que invariablemente se quedaba dormida en uno de los sofás del área común, con Raffaela más o menos cerca, casi como un guardia fronterizo.

Así, Hanna en pocos días fue como adoptada por el hotel, tanto por Raffaela, que se asumía como su protectora, como por Moebius, que siempre se mantenía más distante, pero compartía los instintos protectores de su mujer.

La pareja de propietarios del hotel se encargaba de todo. Sólo había una empleada, que recibía una paga miserable, por lo que Marius pudo ver; esta empleada limpiaba los cuartos y los baños y, en los días fijados para ello, muy espaciados, hay que decirlo, cambiaba las sábanas y tendía las camas. Todo en el hotel se escatimaba, por ejemplo: el color de los detergentes con los que la empleada hacía la limpieza siempre distaba mucho de ser el color original de los productos: era un color que había sido ocupado por la transparencia del agua, y los restos que preservaba del color original, un tenue castaño, un tenue verduzco, no hacían sino evidenciar aún más la avaricia que probablemente había convertido un solo litro de producto de limpieza en siete u ocho.

No se podía decir que el hotel estuviera sucio, porque no lo estaba, en definitiva —de hecho esta era una preocupación constante, la limpieza—, y las dos discusiones que Marius presenció, que llegaban a incluir insultos dirigidos por Raffaela contra la pobre empleada, se debían a que la propietaria del hotel había detectado alguna falta de higiene. La limpieza era, pues, una de las obsesiones de Raffaela, pero debía lograrse con el mínimo de medios, o por lo menos con el mínimo de medios que implicaran gastos —básicamente, la limpieza se conseguía a costa del esfuerzo físico—: algo que se haría en pocos segundos con una pequeña cantidad de detergente, lo hacía la empleada con esfuerzo durante muchos minutos.

Aunque algunos detalles de este tipo le causaban repulsión a Marius, era evidente que la presencia de Hanna había roto en aquella pareja una serie de rutinas, y Hanna recibía un trato principesco −de dulces a refrescos, le ofrecían de todo; su más mínimo deseo se veía rápidamente atendido−. La trataban como tratarían a una persona importante −al director de una institución, al miembro más viejo y más respetado de la familia−, en fin, era evidente que había una agitación −que en otro contexto se clasificaría como servil− en torno a Hanna.

Naturalmente, una de esas noches le expliqué a la pareja que yo no era el padre de Hanna, y conté cómo la había encontrado y lo que intentaba hacer para identificar a su padre.

Les hablé de Vitrius, el Don Quijote anticuario, pero ellos parecían no conocerlo. Estaban dispuestos a ayudar, pero objetivamente no podían hacer nada −y su vida también era otra, era ese hotel.

−Me di cuenta de que el hotel no tiene nombre −le dije a Moebius en un momento de más confianza.

−No, no lo tiene −me respondió−, así es.

Una de las noches, después de cenar −normalmente cenábamos allí, era lo más práctico−, comprendí finalmente la organización del hotel.

Ya una o dos veces había manifestado mi perplejidad, y Moebius ese día me llevó a su oficina, un espacio que normalmente estaba cerrado y al que sólo la pareja tenía acceso. Ahí, con la puerta cerrada, Moebius abrió un cajón y sacó una cosa enrollada que luego fue desenrollando sobre la mesa. Era un mapa. Al principio no identifiqué ni siquiera la geografía general, pero pronto comprendí que se trataba de Europa, y después, poco a poco, me quedaron claros los pequeños puntos marcados y las palabras que los acompañaban. Era un mapa donde estaban señalados los campos de concentración nazis.

—Aquí están todos los campos —dijo Moebius—. Y ahora —continuó—, mire, por favor, la planta del hotel.

Y volvió el tronco y el rostro hacia la planta del hotel que estaba fijada en la pared de la oficina, y que era idéntica a la que yo había visto tras el mostrador de la recepción la primera vez, perplejo y asustado, el día que llegamos.

La planta del hotel era, milímetro más, milímetro menos, una copia de la estructura geométrica formada por los puntos que señalaban los campos en el mapa. Y precisamente en la misma posición relativa que ocupaba cada campo se encontraba el cuarto con el nombre correspondiente. Comprendí al fin la organización de las habitaciones. No había ninguna referencia al orden alfabético, ninguna relación con el tamaño o con el número de camas que había en su interior: se trataba de una relación geográfica. El cuarto que se llamaba Arbeitsdorf estaba entre Bergen-Belsen y Ravensbrück, un poco metido, como se podía ver en el mapa de los campos. El hotel era reducido, es cierto, minúsculo, una miniatura pero, en términos proporcionales, era la copia exacta de la geografía de los campos de concentración.

—Lo hizo desde cero —dijo Moebius, refiriéndose al hotel— un arquitecto amigo nuestro, judío.

—Mire —me dijo Moebius, mientras en un papel de calca que había puesto sobre el mapa señalaba los puntos donde estaba cada campo—, si unimos con una línea cada uno de los puntos donde se encontraba un campo, obtendremos una forma geométrica.

Y, con un trazo nada riguroso, a veces incluso trémulo (era visible, pese a todo, que aunque intentara disimularlo, que sentía cierta emoción), unió los varios puntos.

—Vea —dijo, levantando la cabeza y mirándome—, obtenemos una forma geométrica. ¿Sabe que esta forma geométrica tiene un nombre? No lo tenía, pero nosotros se lo pusimos, esta forma lo necesitaba. ¿Cómo no íbamos a ponerle un nombre? No es un cuadrado, ni una circunferencia, en fin, no es ninguna forma geométrica reconocible, pero esa no es una razón para que nos quedemos callados, ¿no le parece? Pues bien, mi mujer y yo le pusimos un nombre a esta figura geométrica negra, permítame clasificarla así. Y ese sería el nombre que le habríamos puesto al hotel de ser el caso. ¿Sabe cuál es el nombre de esta figura geométrica? ¿En verdad quiere saberlo?

VI
LA VISITA SÚBITA

I. NUEVA VISITA A VITRIUS

Volvimos a visitar a Vitrius. Ya habían pasado suficientes días y pensé que ya podría tenernos alguna novedad. En realidad, la tienda estaba cerrada, tocamos la puerta varias veces, pero nada, nadie abrió. Y no se oía ningún ruido.

Después de dar un pequeño paseo para recuperarnos de la subida y la bajada, regresamos al hotel.

Al día siguiente regresé solo. Hanna se quedó –Raffaela la trataría con todo cuidado, estaba tranquilo en cuanto a eso.

La subida hasta el cuarto piso fue, como siempre una prueba física. Tenía vértigo, en efecto; objetivamente se trataba de una enfermedad o una debilidad o algo parecido, y eso –la conciencia clara de que sufría de vértigo– era otro descubrimiento que debía incluir en mi lista de deudas con Vitrius. Aunque no era médico, por la simple ubicación de su tienda, Don Quijote había sido capaz de diagnosticarme, sin una sola palabra, una enfermedad.

Pese a todo, subir solo era mucho más fácil. Sin Hanna,

podía arrimarme a la pared; no había nada más que mi cuerpo, y eso me producía una evidente sensación de alivio; aunque el hecho de no tener a alguien por quien preocuparme a mi lado, a Hanna, en este caso, me causaba al mismo tiempo una cierta sensación extraña, una incomodidad paradójica.

Ya desde los primeros escalones del último piso, la luz que venía de arriba me mostró con claridad que, a diferencia de lo que había sucedido la víspera, ese día mi esfuerzo se vería recompensado: ANTIGÜEDADES VITRIUS ya brillaba: la tienda estaba abierta, Vitrius estaba en casa; y verlo allí, de pie, a unos cuantos metros de la puerta, diciéndome con una sonrisa que entrara, fue una de las mejores sensaciones de esos últimos tiempos. En aquel momento tuve unas ganas absurdas de decirle "papá", patéticamente, como un niño, y estaba seguro de que, de haberlo hecho, el viejo Don Quijote habría comprendido y me habría recibido no como a un hijo, claro, pero sí como a alguien que, pese a ser fuerte, estaba huyendo y ya no se sentía bien en ningún lugar, salvo en ese.

—Excesivamente elevada, su tienda —le dije, todavía jadeando.

Vitrius, sonriente, me respondió algo, pero yo estaba demasiado cansado y no lo comprendí. Me senté para recuperarme, como la otra vez, mientras Don Quijote, como una persona que espera a otra mucho más lenta, me esperaba y fingía entretenerse —para que yo no me sintiera mal u observado— cambiando ligeramente de posición algunos de aquellos objetos: reliquias que allí, en aquella sala hacían de mí, un hombre ya maduro –para algunos, sin duda, alguien que ya empezaba a ser viejo–, la existencia más joven. Como me sucedía tiempo atrás, cuando de niño me colaba sin que me invitaran en las fiestas de los adultos, pensé, mientras recorría con la mirada a Vitrius y algunos de los objetos que había a mi alrededor: Estoy rodeado de ancianos –e, igual que en la infancia, ese pensamiento me hizo sentir más fuerte que aquello que me rodeaba y, un instante después, más débil, mucho más débil.

II. La tarea de la familia (herencia)

Vitrius no me tenía muchas novedades. De hecho, y esto fue una decepción, me resultó obvio que no le interesaba el problema.

Había estado fuera dos días, y no tenía más que la referencia de un vendedor de fierro viejo, un antiguo amigo suyo, que, según dijo Vitrius, sabía todo sobre el origen de todos los objetos metálicos del mundo. Él mismo iba a investigar más, añadió.

Pese a la decepción, volví a pasar toda la tarde con Vitrius. Probablemente sería la última vez que lo vería. Ya estaba llegando el momento de que me fuera de aquella ciudad.

Él mismo se dio cuenta de que podríamos estar pasando la última tarde juntos —y también intentaba aprovecharla. Era evidente que le agradaba mi compañía.

Una sola persona subió a la tienda aquella tarde. Vitrius no la expulsó, hizo bien su trabajo —el hombre se marchó con dos piezas, pagó rápido. Vitrius se despidió de él, era un cliente que a veces pasaba por allí—, pero de inmediato volvió conmigo y se sentó a mi lado. Estábamos en el taller, entre herramientas y trabajos en proceso, Vitrius había sacado de una repisa uno de los varios dossieres que tenía allí y se preparaba para explicarme qué era aquello cuando lo interrumpió la llegada de su cliente. Ahora, una vez concluido el negocio y de nuevo a solas, retomaba la explicación.

—Es una de las pocas cosas que me dejó mi padre —dijo Vitrius, y su emoción revelaba que tal vez era la primera vez que le mostraba aquello a alguien.

¿Qué era aquello? Bueno, era algo simple: números, números, números, números. Una mirada más atenta revelaría de inmediato que se trataba de una secuencia de números —una secuencia de números pares—. En la primera página, que ya habíamos dejado atrás, en una hoja de edad claramente vetusta, ya muy amarillenta, estaba escrita, con letra firme, una fecha (ya de otro siglo); era el principio, digamos, de los trabajos, un principio casi infantil:

2, 4, 6, 8

—Mi bisabuelo empezó esto. Se convirtió en una tradición familiar. De él pasó a mi abuelo, luego a mi padre, ahora a mí.

Hojeé un enorme fajo de hojas. Ahí estaba:

157668, 157670, 157672, 157674, 157676, 157678, 157680, 157682, 157684, 157686, 157688, 157690, 157692, 157694,

157696, 157698, 157700, 157702, 157704, 157706, 157708, 157710, 157712, 157714, 157716, 157718, 157720, 157722...

—¿Qué es esto? —pregunté.

—En parte, es mi salvación —dijo Vitrius riéndose—, pero si quiere puede considerarlo un pasatiempo.

»Este es el primer volumen —me explicó después—, la última parte la escribió mi abuelo. De hecho, habría que decir que el que empezó con esto, mi bisabuelo, fue el que menos hizo. Fue, con mucho, el más flojo —murmuró, riendo.

De vez en cuando, sin perturbar aquella serie interminable, surgía, al lado, una fecha. Cada día, antes de continuar la serie, anotaban la fecha al margen. Así era fácil verificar, según explicó Vitrius, cuáles habían sido los días más productivos, los menos productivos, y los días en que no se había trabajado.

—Me pregunto dónde anduvo esta gente en esos días —dijo Vitrius, divertido.

Luego me explicó que él mismo distaba de hacer su trabajo a diario; algunos días no podía, otros se le olvidaba, otros simplemente no tenía ganas, pero tarde o temprano volvía a retomar aquello.

—Es como un collar de familia, puede verlo así, que se va construyendo, generación tras generación, y que ya alcanzó unas dimensiones considerables.

Vitrius me hizo mirar la repisa de la que había salido ese primer dossier. Había otros seis. Cada uno tenía cientos y cientos de páginas no numeradas —no hacía falta—, la serie misma impedía cualquier confusión en cuanto al orden de las páginas.

Vitrius sacó otro dossier.

—¿Sabe en qué fecha murió mi abuelo?

Buscaba una página específica de aquel dossier. La encontró. Me la mostró:

9345678676, 9345678678, 9345678680, 9345678682, 9345678684

Y en la línea que estaba justo abajo de este número, provocando en mí y en el papel mismo una ruptura extraña, brusca, casi violenta, estaba escrito, en el reino de los números, un nombre.

—El nombre de mi abuelo —me dijo Vitrius. Un nombre ya escrito por la mano de su padre, y había además una fecha antes del nombre—. La fecha en que murió mi abuelo —dijo Vitrius; la serie se retomaba en la siguiente línea, exactamente en el punto en el que se había interrumpido:

9345678686, 9345678688, 9345678690, 9345678692

Y al principio de este reinicio, al margen, una fecha:

—La misma fecha de la muerte de mi abuelo —dijo Vitrius—. Mi padre retomó la serie el mismo día que murió mi abuelo —explicó.

Después hubo un silencio y Vitrius continuó:

—Yo no la retomé sino hasta ocho días después de que

muriera mi padre; le confieso que no pude pensar en esto, no me acordé, o me acordé y ese día y los que le siguieron pensé que no tenía sentido, que era una tontería. Sabía bien dónde estaban los dossieres, ese no era el problema, sino encontrarle un sentido a esto. La semana entre la muerte de mi padre y mi reinicio fue esencial; hubiera sido absurdo no continuar, ¿entiende? De eso se trató, simplemente: no había ninguna razón para no continuar, hubiera sido egoísta. La única razón para detenerme es la que se va a presentar dentro de algunos años, y es la más natural de todas. No tengo hijos, no voy a tenerlos, está muy fuera de mis proyectos, como se imaginará y, según varios indicios y conjeturas, soy un ser mortal, así que la cosa se acabará por sí misma, de manera natural.

»Le confieso –me dijo mientras abría el dossier más reciente, que se distinguía por el color distinto del papel–, le confieso que me da curiosidad saber cuál será el último número, dónde se acabará. Siempre escribo pensando que estoy a la mitad de la tarea, siempre a la mitad y, por lo tanto, que el último número que escribí ese día no será realmente el último, pero resulta imposible saberlo.

»Mire, por ejemplo –dijo Vitrius, y abrió la última página escrita del dossier– hoy ya hice mi trabajo.

Y sí, era un hecho: en la página anterior estaba la fecha de ese día y después los números, que ya eran enormes; en cuanto a tamaño, ya superaban claramente el ancho de la página, de modo que continuaban en los renglones siguientes. "Está loco", pensé, "absolutamente loco".

100002340786566642009822300009288887711369987
44450646318, 100002340786566642009822300009288
887711369987444506464320, 100002340786566642009
822300009288887711369987444506464322

−Hay días que trabajo mucho −prosiguió Vitrius−, otros, poco; depende. Pero es raro que deje un día en blanco... No se espante o crea que estoy loco −dijo Vitrius, que había notado mi mirada−. De hecho, esto es lo contrario de estar loco. Eso era lo que decía...

Pero no llegó a añadir nada, se quedó callado. Yo, sin embargo, miraba aquellos números ahora monstruosos que, para mí, ya estaban lejos de la comprensión racional, ya se trataba de otra cosa, de una numeración no humana, de algo que yo no era capaz de ver; como si a partir de cierto nivel de grandeza, los números se volvieran, para mí, precisamente invisibles. Eran tan grandes que no podía verlos. Porque aunque pudiera observarlos fisiológicamente, como observaba en aquel momento ese número monstruoso:

100002340786566642009822300009288887711369987
44450646322

...no los podía comprender ni asimilar y, por lo tanto, la visión que tenía de aquel número en ese momento era una visión periférica y artificial. "Eso es", pensé: "artificial, no natural, no humana", algo que ya no era para mí.

1000023407865666420098223000092888877113699987
4445064322

Miré a Vitrius intentando encontrar una explicación, tal vez incluso ayuda, pero me encontré con su mirada fija en la pared, dejándome fuera, de algún modo, del diálogo. Como si yo quisiera entender algo que era imposible comprender: un asunto de familia, de sangre.

—Las carreras de resistencia no tienen ningún objetivo —dijo Vitrius de repente, como si al fin hubiera encontrado la frase—. Esto es una carrera de resistencia. Se trata de resistir —insistió—, nada más.

III. Continuar

Vitrius me explicó la atención que le había exigido a su abuelo, a su padre y ahora a él mismo, que no existiera ni una sola equivocación en el registro de los números, para que la serie siguiera su orden sin ningún sobresalto, para que ninguna falla humana fuera a descarrilar aquel tren —así lo llamaba Vitrius— físico y mental; para que, por ejemplo, de un número que terminaba en el dígito cuatro no se fuera a pasar a un número terminado en ocho —¡cuánta atención se necesitaba!

—¿Sabe? —me dijo Vitrius—, es obvio que no he revisado los números hacia atrás uno por uno, pero a veces, como si fuera un juego, como para agarrarlos desprevenidos, abro al azar alguno de los dossieres viejos y nunca he visto ningún error, el número siguiente nunca era algo que no debía ser: no he visto ninguna equivocación, ¿me entiende? Cuando me pongo a continuar la serie, lo importante es no pensar en nada más; atención absoluta, no existe nada más, una pequeña desviación del pensamiento y se acabó: aparece un error. Pero no hay errores, como le dije, hace varias generaciones que no hay errores. Yo lo único que he hecho es seguir con el mismo rigor; como en esas viejas casas de familia –dijo Vitrius–, en donde los herederos insisten en mantener ciertos hábitos y en exigir ciertos gestos de cortesía a los nuevos empleados; es un poco lo mismo, se trata de ser un heredero a la altura –exclamó Vitrius, riendo–. Y esta fue la mejor protección para mi padre y para mi abuelo, creo que sobrevivieron al mundo gracias a esto. A veces pienso que no fueron víctimas de ninguna bomba o disparo de los muchos que anduvieron por ahí en las distintas épocas porque estaban concentrados haciendo esto, este trabajo. Se trata, yo sé que usted no lo va a entender... pero se trata de un trabajo religioso. Se trata de salirse del siglo, y de salirse de una manera muy concreta, de salirse con método; no se trata de una fuga desordenada en la que por la agitación se dejan caer cosas en el camino, algunas de ellas fundamentales. No es una fuga, es salirse del siglo tranquilamente, con elegancia, sin ansiedad, abriendo una puerta y cerrándola después casi sin ruido. Mire –me dijo–, dígame un fecha importante de este siglo, un acontecimiento fundamental, vamos, dígame uno.

Yo sonreí, intenté recordar... Él no me dejó seguir mentalmente mi recorrido; prosiguió:

–Por ejemplo, el día que mataron al archiduque Francisco Fernando, el 28 de junio de 1914. Así comenzó la Primera Guerra Mundial. Es una fecha importante, ¿no?

Luego Vitrius se calló, sacó un dossier de la repisa y empezó a buscar. La encontró.

–¿Quiere ver? –me preguntó– Fíjese aquí, junto a la fecha. Un poco atrás –y retrocedió una página–, 27 de junio de 1914. Ahora aquí, acá está: 28 de junio de 1914, la fecha en que mataron al archiduque Francisco Fernando. Mire lo que hay aquí:

456311233456678, 456311233456680, 456311233456682, 456311233456684, 456311233456686

–Otra fecha. ¡Dígame! Por ejemplo, la invasión de Polonia por los Nazis, 1° de septiembre de 1939. Una fecha importante, ¿no? Vamos a buscarla.

Ahí estaba, en otro dossier. Al margen, la fecha –1° de septiembre de 1939–. Después los números:

63447900346682732221976¾, 63447900346682732221976⁶,
634479003466827322219768, 634479003466827322219770,
63447900346682732221977²

–La noche de los cristales rotos, las sinagogas incendiadas: 9 de noviembre de 1938. ¿Quiere ver?

De nuevo encontró la fecha al margen, me la mostró, y después los números:

273554790537665321076, 273554790537665321078…

–¿Ya ve, mi estimado? Todo en orden. No se trata de huir, de no querer enterarse. Se trata de mantener una dirección. Una dirección individual. Sólo por eso resistimos. Y por eso estoy aquí. Y ya le mostré que, el mismo día que murió mi abuelo, mi padre retomó la serie. No se trata de ser indiferentes o de no tener vínculos con el exterior —se trata simplemente de continuar, sólo de continuar.

IV. El ojo

Y recordé lo siguiente.

Conocía bien, él tendría entonces tres años, al hijo de un amigo, pero lo que lo vi hacer me sorprendió y de alguna manera me puso en guardia. A medida que se comía con gran placer los trozos de un pan tostado, el pequeño nos mostraba la parte restante de la rebanada y, después de lanzarle una mirada rápida, decía el nombre de la cosa que le recordaba aquel pedazo: primero, un coche; después, una mordida más y era un delfín; después parecía una carroza, etcétera, etcétera. Lo interesante es que las mordidas no eran pensadas –el pequeño no intentaba construir una forma con los dientes–: primero comía –eso era lo importante–, y después observaba lo que quedaba e intentaba ponerle un nombre como para tranquilizarse; la masa de pan informe volvía al mundo a través del nombre que el niño le daba. No eran sus dientes, sino su impresionante (para su edad) poder de observación lo que creaba objetos o cosas del mundo real. Después lo que de alguna manera me asustaba era ver con qué desapego volvía a hincar los dientes en esa forma nombrada, haciendo que tanto el nombre como la forma desaparecieran de un segundo a otro, sin dar muestras de nostalgia –a los tres años había que avanzar y nada más–. Su boca iba devorando lo que sus ojos intentaban moldear y el temblor que poco a poco empecé a sentir (y tal vez lo mismo les sucedía, quién sabe, a los otros dos adultos que estaban en la sala) se debía a la comprensión de que todo, para él –para aquel pequeño–, era alimento, no había ni el más remoto instinto de conservación de las formas, ni siquiera de las que él había creado con su mirada. Cada forma del mundo que su apetito destruía era sustituida por otra, pero inevitablemente el bocado de pan se iba haciendo cada vez más pequeño, y el último pedazo, al que por su forma circular el niño llamó OJO (y en realidad, si se le observaba con atención, aquello era un ojo con un iris que parecía castaño y una pupila por la que podría jurarse que entraba algo de luz), ese ojo, ese admirable ojo, tardó pocas milésimas de segundo en ser tragado.

El vacío que lo sucedió fue extraño. El pequeño ya no tenía nada en la mano: le había dado nombre a múltiples cosas y después las había hecho desaparecer; y al final, simplemente no quedaba nada –ni la materia, ni un comentario siquiera, ni una palabra, nada–; el pequeño se cansó del juego o simplemente dejó de tener hambre, y los hombres que estaban en la sala, entre los cuales me contaba yo, como si no hubiera sucedido nada relevante, volvieron a platicar de los temas preocupantes del mundo.

Pero yo nunca olvidé ese ojo.

V. Regreso al hotel

De regreso, en una de las calles, pegado a gran altura en la pared a mi lado derecho, me topé con un cartel que identifiqué rápidamente. Era, sin duda, de la familia Stamm. También allí habían pasado sus esfuerzos por desactivar hábitos mentales, por recurrir a la expresión que Fried Stamm había repetido.

Era un cartel extremadamente bien hecho, inmediatamente atractivo. Sería casi imposible que alguien pasara por aquella calle sin detenerse, por lo menos algunos segundos, frente a aquella imagen y aquellas palabras.

Finalmente entré en el hotel al atardecer. Raffaela estaba esperándome. Me asusté.

—¿Dónde está Hanna?

—Está con mi marido, no se preocupe.

En ese momento, como que volví en mí —había estado demasiadas horas con Vitrius—: era mucho tiempo para Hanna.

Raffaela dijo:

–Mientras estuvo fuera, pasó por aquí un fotógrafo. Preguntó por usted… Quería fotografiar a la niña, dijo que usted le había dado permiso. Pero no lo dejamos.

No pude reaccionar. No sabía qué decir.

–Si me permite que se lo diga, no me gustó el tipo… –murmuró además Raffaela, ya dándome la espalda–. Dijo que después vuelve a pasar.

VII
LA PESADILLA

I. UNA PESADILLA

Una de esas noches tuve una pesadilla. Me resulta difícil decir exactamente cuántas personas eran. Entre quince y veinte niños con trisomía 21.

Les habían advertido una y otra vez que no fueran a aquel sitio. Una prohibición que súbitamente violaron, se metieron en aquella pequeña parte del terreno, apartaron algunas frutas ya podridas y empezaron, cada cual con su pala, a cavar.

Sus gestos eran vigorosos, certeros. A quien los viera —y yo estaba viéndolos, no sé desde dónde—, a quien los viera, pues, le sorprendería que por detrás de aquellas caras extrañas, casi idénticas, en su base, hubiera un cuerpo capaz de hacer movimientos tan exactos.

En menos de media hora, el hoyo empezó a tomar forma. Con palas y azadones, el grupo de niños y niñas con trisomía 21, soltando algunos gritos de júbilo, sacaba la tierra a un ritmo poco común. Recuerdo haber pensado que resultaba increíble que hubieran tenido fuerza para romper la primera barrera de cemento, la que cubría aquel espacio que les habían vedado desde hacía muchos años, pero también recuerdo que pensé, poco después, que aun en aquellas condiciones, aun con los indicios de que todo sucedía en un sueño, les habría resultado imposible romper la barrera de cemento del piso y, por lo tanto, intenté convencerme de que no, de que no era más que tierra lo que habían roto al principio.

El hecho es que, de repente, en el hoyo –que abrían con sus movimientos absolutamente vigorosos– ya era visible el pináculo, una cruz, y poco tiempo después salía a la superficie la cúpula de una iglesia, de la que brotaba, al principio, una luz tenue.

Siguieron excavando como si tuvieran poco tiempo para revelar lo que estaba a punto de revelarse –y sus caras no parecían denotar ningún esfuerzo–. Había prisa en todos aquellos movimientos y era como si intentaran hacerlo todo antes de que los descubrieran.

Siguió saliendo tierra en enormes cantidades y, a medida que la iglesia se iba revelando ante mis ojos, y sobre todo ante lo ojos del grupo –yo seguía observando, escondido, sin decir nada, con una inmensa expectativa–, el día perdía parte de su fuerza y, conforme oscurecía, la luz que salía de la iglesia iba adquiriendo, con una sincronía poco común, la fuerza que la luz del sol dejaba ir.

Los niños con trisomía 21 –yo no dejaba de observar sus caras, sus sonrisas– parecían eufóricos. La iglesia ya podía verse prácticamente entera. Varios montones de tierra mostraban las dimensiones insólitas del trabajo realizado por el grupo. Recuerdo haber pensado que semejante cantidad de trabajo, semejante cantidad de esfuerzo ininterrumpido, sólo había sido posible, por un lado, por las expectativas que se habían hecho durante años en torno a aquel espacio y, por el otro, por un cierto temor de que, en cualquier momento, los descubrieran antes de poder contemplar lo que estaban desenterrando.

Mientras tanto, la noche llegó en definitiva y la oscuridad exterior permitió que la luz proveniente de la iglesia adquiriera una dimensión central. La iglesia estaba finalmente a la vista, entera, y emanaba una extraña belleza —como si aquello llegara a un nivel que no sólo involucrara a los ojos, sino que exigiera un esfuerzo de la inteligencia.

La iglesia debía tener —desde la base hasta la cruz, que era el primer elemento que habían desenterrado— una altura de treinta metros, tal vez, y un diámetro de 7.8 y esas eran, pues, las extraordinarias dimensiones del hoyo que el grupo había abierto en pocas horas.

El brillo de la fachada exterior de la iglesia y la luz constante que provenía de su interior hicieron que el grupo, como cualquier grupo de niños entusiasmados por un descubrimiento de aquellas dimensiones, descendiera, más o menos a duras penas, hasta allá abajo —unos dándose codazos para tocar alguna estatuilla más atractiva, otros apoyando la cabeza en el vidrio y mirando el interior, otros más rodeando el edificio en busca de otra puerta de entrada, por la parte de atrás.

Y fue entonces cuando, precedido por una música medio encantadora que provenía del interior del edificio —lo cual avivó aún más la curiosidad y la excitación de los niños—, de pronto —y en ese instante debí haber sentido que ya no podía soportar seguir allí como espectador y debí haberme despertado—, se oyó un ruido enorme, un ruido monstruoso, incalificable, un ruido que parecía venir de algo informe a lo que jamás podríamos nombrar; y ese ruido era ya el ruido de la tierra que rodeaba el foso al caer; como si, de pronto, aquel espacio se inclinara y condujera toda la tierra amontonada hacia ese centro. Y en pocos segundos todo se acabó: el brutal ruido de la tierra volviendo al sitio del que la habían sacado se confundía con una que otra voz —a veces un grito, a veces algo que parecía una risa—. Así, la iglesia fue tragada de nuevo. Y entonces, definitivamente, dejé de escuchar la voz de los niños.

VIII
EN EL HOTEL, ALREDEDOR DEL HOTEL, PERDIDOS EN EL HOTEL

I. Los huéspedes

No había nada extraño en la clientela del hotel, que aquellos días distaba de estar lleno.

Como sólo tenía una planta, la baja, los cuartos se extendían en las más diversas direcciones, sometidos, en su posición, a la lógica que Moebius me había explicado en su oficina. Orientarse no era nada fácil debido a los varios corredores y a algunos pilares que no hacían más que estorbar y, de no ser por las señales que había en los cruces, en la pared, con flechas que indicaban el nombre de los cuartos y hacia dónde estaban, se instalaría por completo la indecisión sobre el camino más directo para llegar a cada cuarto.

A veces nos cruzábamos con uno que otro huésped: una pareja joven, discreta, que no sonreía mucho –excepto a Hanna–, y dos hombres de negocios, ya de mediana edad, que avanzaban por los corredores como quien se encuentra individualmente bajo el dominio de otro tiempo, distinto del nuestro, y parece obedecer a leyes privadas, incomprensibles a los ojos de los demás.

Había también una huésped de menos de treinta años, solitaria. En el desayuno, esta mujer comía y bebía sin levantar ni un momento los ojos del libro y Marius se preguntaba qué estaría ingiriendo realmente, pues allí sin duda había una confusión de estímulos, una contaminación; de ahí la sensación de que esa mujer no podía ser una compañía agradable, pues quien la observara esas mañanas en el desayuno notaría que su indiferencia hacia lo que comía parecía poner a los alimentos en la condición de elementos artificiales, y esta actitud –ante aquello que permitía, para empezar, la existencia– le parecía inaceptable a la pareja de Raffaela y Moebius. Marius había oído varias exclamaciones nada lisonjeras respecto a esa mujer, y dichas de una forma que a él le pareció incluso grosera.

Por lo demás, todo el hotel era sobrio, sin señales de pobreza o de riqueza: se trataba de una neutralidad casi susurrante, donde los muebles y la decoración parecían existir nada más para cumplir con una misión específica y para pedir, con delicadeza, silencio a los huéspedes. Estos parecían obedecer a una petición que formalmente no existía. Todos se desplazaban de manera respetuosa por el espacio, y las conversaciones siempre se entablaban en un tono moderado, cortés –la única excepción era precisamente Hanna, que, a veces, sin controlarse, soltaba una palabra o una frase corta casi con el tono de un grito, y sus movimientos y gestos eran también, claramente, los que producían un efecto más fuerte.

Pero al igual que en todos los sitios por los que habíamos pasado, esto no provocó ninguna mirada de disgusto. Y hasta la mujer de los libros, la única vez que permitió que su cara se hiciera visible, que saliera como que a la superficie, fue en respuesta, sonriente, a un gritito innecesario que Hanna dejó escapar.

El huésped más curioso era, con mucho, el Viejo, como le decía Raffaela. Al Viejo le decían así por motivos evidentes –tendría sin duda más de setenta años– y además porque era el huésped más antiguo. Y esa antigüedad no era la de alguien que regresa con regularidad al mismo hotel.

El Viejo, según me dijo Raffaela, vivía en el hotel desde hacía doce años, esto es, prácticamente desde su inauguración. La primera vez que entró aquí, me contó Raffaela, vino por recomendación de alguien, y ya sabía con cierta exactitud cómo estaba organizado el hotel. Pidió directamente el cuarto Terezin. Esa primera vez, por casualidad, el cuarto estaba ocupado tres días. El Viejo, dijo Raffaela, reservó una semana y pidió desde un principio que lo movieran al Terezin en cuanto se marchara el otro huésped. Y así lo hicieron. Pasó cuatro días en ese cuarto, luego pagó y se fue. Volvió pasados dos meses. En esa ocasión, el cuarto que quería estaba libre. Lo reservó por dos semanas. Al cabo de esas dos semanas, pagó y reservó una más.

–Después de mes y medio, nos propuso rentar permanentemente el cuarto Terezin. Acordamos una tarifa distinta. Paga cada dos semanas. Y ya lleva mucho tiempo aquí –dijo Raffaela–. El Terezin es suyo.

II. Perdidos en el hotel

Lo que saltaba a la vista en el hotel era, como ya dije, una cierta tacañería por parte de la pareja, que sólo se hacía más evidente pasados dos o tres días. El desayuno, que estaba incluido en la tarifa, era sencillo, y cada quien se servía todo lo que quería, lo cual transmitía al principio una sensación engañosa. De hecho, la propia Raffaela iba abasteciendo la mesa de la que los huéspedes tomaban el pan, la leche, etcétera —y, como tal, aquella era permanentemente una mesa de sobras, donde sólo quedaba un pan, o ni uno, un fondo de leche en la jarra y un resto de mantequilla y de café—. Si alguien al primer día se extrañaba, al segundo se daba cuenta de que aquella era la política de servicio del hotel. Raffaela sólo servía más comida cuando ya no quedaba nada: sólo servía más panes —tres o cuatro cada vez, para siete huéspedes presentes en el comedor— cuando la canasta estaba completamente vacía. Esto hacía que, en diversas ocasiones, hubiera un lapso de tiempo entre la canasta vacía y el momento en que Raffaela llegaba desde el interior, desde la cocina (se pasaba la mañana entre la cocina y el comedor) detectaba esa carencia murmurando "Hace falta más pan", y salía de nuevo de la sala, y volvía a la cocina y regresaba después, por la puerta, envuelta en la mirada suplicante de los huéspedes que observaban la canasta recién llegada como si fijaran los ojos en la mano de un cartero que trajera entre los dedos el mensaje salvador. Estos lapsos –durante los cuales a veces no había pan o leche en la mesa y algunos huéspedes permanecían de pie, esperando, con el plato o vaso en la mano, mientras otros, más pudorosos, se quedaban sentados–, este lapso, decía, surtía el efecto de que, a partir del segundo o tercer día, se infiltrara en los huéspedes una especie de resignación que hacía que muchas veces –y nos sucedió a Hanna y a mí–, por falta de paciencia para esperar más pan, abandonáramos el comedor habiendo comido objetivamente muy poco, pero, por extraño que parezca, con la sensación de haber comido lo suficiente –y, así, en poco tiempo nos acostumbramos a aquel régimen.

Sólo un detalle, que demostraba los hábitos de Raffaela: el proceso de renovación de las servilletas. El primer día tuvimos la sensación de que siempre había servilletas en la mesa de la que todos se servían, pero que siempre estaban a punto de terminarse –nunca vimos más que dos o tres, posadas sobre el empaque que las contenía–. Al segundo y tercer día nos dimos cuenta de que Raffaela usaba siempre el mismo empaque y sacaba de allá adentro dos o tres servilletas nada más, cada vez que se acababan. Estas muestras de tacañería, hay que decirlo, fueron ampliamente suplantadas, en mi caso y en el de Hanna, por una generosidad que creció a lo largo de los días, principalmente para con Hanna. La cantidad de golosinas que le ofrecieron a lo largo de aquellos días fue enorme, y eso demostraba que, de alguna manera, aquellos indicios de mezquindad se debían en el fondo a una especie de hábitos individuales y antiguos cuyo origen nunca quise conocer, unos hábitos a los que ellos ya no prestaban ninguna atención (y, por lo mismo, no se daban cuenta de que afectaban a los demás).

Pero hubo un momento en el que esos hábitos rigurosos y austeros me provocaron una ira que sólo se mitigó a costa de mucho esfuerzo.

La noche que nos quedamos hasta tarde con Vitrius, el anticuario, Hanna y yo llegamos ya pasadas las once al hotel y, como de costumbre, las luces de los corredores de los cuartos se habían apagado desde el sistema central, así que la única luz eléctrica que seguía encendida a partir de esa hora era la de la recepción, donde, como siempre, estaba Raffaela. Habitualmente nos orientábamos con los restos cada vez más tenues de esa luz de la entrada (como un dedo que, tiempo atrás, nos hubiera señalado el camino, y que poco a poco, a medida que avanzábamos, hubiéramos olvidado) y ese fondo de luz era en realidad lo único que permitía a los huéspedes llegar a sus cuartos.

Por falta de confianza (habíamos llegado hacía poco tiempo), y por haber tenido la impresión –que se reveló equivocada– de que no necesitaba ayuda para encontrar el cuarto, avancé, después de despedirme con un buenas noches, delante de Hanna, alejándome a cada paso de la luz y a cada paso penetrando en una oscuridad que de ninguna manera era completa, pero que me lo pareció en los primeros metros. Quizá desde el principio entré en el corredor equivocado; lo cierto es que a la derecha de donde pensaba que estaría escrito el nombre de nuestro cuarto, AUSCHWITZ, me encontré con Dachau. Después, por otros detalles, me di cuenta de que evidentemente no estaba en el corredor que conducía a nuestro cuarto. Estrujando firmemente la mano de Hanna con mi mano izquierda, me metí por un corredor que me resultaba extraño y que llevaba a otros cuartos. A partir de cierto momento, pese a la oscuridad casi total, una pequeña luminosidad o, más específicamente, un brillo salía no de las placas de metal donde estaban escritos los nombres de los cuartos, sino exclusivamente de las letras de los nombres que, fabricadas con un metal más brillante, eran, en aquellos momentos, los únicos puntos de claridad. Avanzábamos, así, entre la neblina oscura que parecía cubrir nuestros pies y esas minúsculas fuentes de luz que, según dijo Hanna más tarde, parecían dibujos lindos y organizados. Llegado cierto punto, empecé a asustarme de verdad, porque se hizo evidente mi falta de orientación. Más allá de los nombres de los cuartos no había ninguna otra referencia, y en ese momento teníamos a la derecha el cuarto Hinzert y, a la izquierda, el Breitenau. Mientras crecía en mí una irritación que hacía aumentar mi descontrol, intentaba transmitirle tranquilidad a Hanna, diciéndole, en tono neutro:

—Creo que estamos perdidos.

Hanna me sorprendió por completo, porque durante el rato que buscamos absolutamente perdidos nuestro cuarto, no dijo ni una sola palabra y se mantuvo tranquilísima, como si estuviera disfrutando de un simple paseo nocturno.

En determinado momento, a la mitad de la oscuridad, brillaron a mi izquierda las letras *T*, *E*, *R* —se trataba del Terezin— y de allí dentro, del cuarto del Viejo (lo imaginé en aquel momento curvado sobre el escritorio), salía una música muy suave, con el volumen tan bajo que sólo podría escucharla alguien que estuviera precisamente en la situación en la que nos encontrábamos en ese entonces: a un metro de la puerta del Terezin y en el más completo silencio. La música que salía del cuarto era casi mágica, y a un pequeño toque de Hanna reaccioné instintivamente, deteniéndome allí. Habremos pasado así algunos segundos, fascinados —yo pensando en el Viejo, imaginándome la cara del Viejo, de un viejo que ya llevaba años viviendo allí, y que, pese a ello, manifestaba un respeto impresionante por los demás huéspedes—. Y allí estaba yo, entonces, oyendo esa música a un volumen tan bajo que me sentía tentado a rodear mi oreja con mi mano, como para dirigirla y evitar que se perdieran los restos del sonido. Fueron unos instantes en los que tanto Hanna como yo estuvimos absortos. Yo olvidé por completo la ira que me había causado ese hábito tacaño de apagar las luces, y ya había quedado muy lejos mi ansiedad por no encontrar nuestro cuarto —estábamos escuchando, nada más, como quien entra de improviso en una sala a la mitad de un concierto convincente–. ¿Qué música era aquella? No tuve tiempo para sacar ninguna conclusión, pues de pronto se detuvo. Y entonces sí se instaló un silencio que, no hay otra palabra, me aterrorizó. Ese silencio súbito, inopinado, fue como un golpe para el que mi organismo ya no estaba preparado, pues de alguna manera, sin que cobrara conciencia de ello, la música me había hecho bajar la guardia. Sentí que habían tomado mi cuerpo por sorpresa, y se me ocurrió estúpidamente que aquella había sido una acción deliberada del Viejo Terezin –para asustarnos; una acción repugnante, recuerdo haberlo pensado–; pero poco después, sin darme tiempo de reaccionar o tomar cualquier decisión, la música volvió a empezar y, de nuevo, lentamente, mis músculos como que pidieron, a su vez, permiso para relajarse. Sólo que esta vez no lo permití, y esa misma tonada –sin duda era la misma tonada– ahora se escuchaba completamente distinta –yo había dejado atrás la actitud de escucha de un concierto y ya tenía una atención vigilante–. Le di un jalón a Hanna y seguimos avanzando, porque –me di cuenta más tarde, al reflexionar sobre aquellos momentos– la segunda vez, la música me estaba causando pánico, una gran ansiedad ante la idea de que, de nuevo, sin razón aparente, volvería a detenerse.

Avanzamos, pues, y como yo aún estaba desorientado, decidí seguir los pequeños fragmentos del hotel que la luz de la recepción dejaba ver aquí y allá. Entonces regresamos al punto de partida, a la recepción. Raffaela ya no estaba allí. Sin duda se había ido a dormir, ya todos los huéspedes habían vuelto. El silencio era absoluto y sólo se escuchaba la respiración de Hanna, ya cansada, una respiración que se había vuelto más anhelante –algo comprendía, y empezaba a asustarse–. En pleno silencio, llamé lo más bajo que pude a Raffaela. Y aquel fue un momento extraño. Necesitaba llamar a alguien, pero me exigía a mí mismo el silencio que todos los demás huéspedes guardaban con respeto. Así que dos veces grité, como en murmullos (no hay otra forma de describirlo), el nombre de Raffaela. Sentí que gritaba porque me acercaba a un límite a partir del cual uno siente miedo, un miedo evidente, pero al mismo tiempo, en términos objetivos, el volumen de mi voz era mínimo. De cualquier manera, nada. Nadie. Raffaela ya no andaba por ahí.

Me concentré y en ese momento me quedó claro que tenía a mi cargo una niña con trisomía 21, y que debía hacerla llegar, segura, al cuarto del hotel donde dormiríamos. Estaba dentro del hotel, no había ningún peligro –me repetía a mí mismo.

No tenía ni siquiera una idea remota de la posición espacial relativa de los diversos campos de concentración, cosa que me hubiera permitido ubicar, por lo menos en términos generales, nuestro cuarto a partir de cualquier otro –así que lo único que podía hacer era concentrarme en las pequeñas particularidades de uno que otro mueble que recordaba haber visto cerca de nuestro cuarto y entonces, paso a paso, sin equivocaciones, ir directamente a dormir a nuestras camas– porque estábamos cansados

—Hanna y yo— y con aquello bastaba. Ya había rebasado todos los límites. Y a esas alturas mi irritación ya no se debía tanto a la falta de luz, sino a mi falta de habilidad para orientarme.

Así que caminamos de nuevo hacia la zona de los cuartos y ahora me parecía que habíamos entrado en el corredor correcto. Avanzamos unos pasos.

Pese a la interrupción luminosa provocada por nuestro retorno a la zona de la recepción, esta segunda vez sentí que mis ojos se adaptaban con mayor rapidez al nuevo medio. Ahora atrapaban con gran agilidad las letras de los cuartos, como si cazaran un animal, pues esos eran los únicos puntos de orientación —las letras, no debíamos perderlas—. A nuestra derecha, el cuarto Westerbork; avanzamos un poco más y, de nuevo a nuestra derecha, otra puerta: Neuengamme. No estábamos cerca de nuestro cuarto.

En ese momento, sentí una enorme vergüenza, ya me veía tocando la puerta de alguno de los otros huéspedes, del Terezin, si es que volvía a encontrarlo, y preguntándole al viejo cómo llegar a mi cuarto, asumiendo por completo el ridículo. Ya nos habíamos perdido otra vez y decidí que, a partir de ese momento, para no transmitirle más inseguridad a Hanna, caminaría sin parar, evitando manifestar indecisión, como si ya supiera a dónde ir y sólo estuviéramos caminando mucho porque el trayecto era largo. Pasamos por segunda vez frente al Terezin. No quise saber si la música seguía sonando y le di un jaloncito a Hanna. Doblé en ese instante por otro corredor. Empezaba a sentir pánico. Nos imaginé, de pronto, durmiendo en los corredores. Pensé en el ridículo que haríamos. Sentía la cara rojísima; de haber suficiente luz, podría verse mi rostro sonrojado de vergüenza. A nuestra izquierda, Treblinka, después Majdanek, después, a la derecha, Belzec. Me temblaban las piernas, pero ahí, unos metros delante, a nuestra derecha, había finalmente algo, brillaba una *A* —o lo que me pareció una *A* enorme, una *A* gigantesca—, y después una *U*, una *S*, el witz del final. Auschwitz. Sentí una descarga en el cuerpo, como si súbitamente una energía agresiva hubiera bajado de intensidad para que pudiera sacudírmela. Era una gran sensación de alivio; una alegría. Tenía ganas de soltar un gritito de felicidad, pero mantuve la concentración hasta el final; me contuve, acerqué la llave a la cerradura, le di vuelta y abrí la puerta del cuarto para que entrara Hanna.

—Llegamos —dije.

III. La espalda

La confianza que había surgido entre nosotros y los dueños del hotel dio lugar a un episodio insólito, un tanto impúdico, que jamás, desde que llegué allí, habría imaginado que podría ocurrir.

Una noche, mientras Raffaela jugaba con Hanna, que ya empezaba a dar algunas muestras de cansancio, Moebius me pidió que lo siguiera, porque quería mostrarme algo. Así, entramos de nuevo en la oficina donde me había explicado la estructura arquitectónica y geométrica del hotel. No tuve tiempo ni de mirar otra vez los mapas que cubrían las paredes, pues Moebius empezó a desabrocharse uno por uno los botones de la camisa murmurando solamente:

—Quisiera mostrarle esto.

En ese momento me pasó de todo por la cabeza —y durante algunos segundos creí que había caído en algo como una trampa—. De inmediato pensé que algo estaba sucediendo con Hanna, y que aquel hombre tan seco, tan sobrio, quería de mí algo que me sorprendería por completo. Pero rápido me tranquilicé. Con un gesto súbito, Moebius se levantó la camiseta que llevaba debajo y, volteándose, me mostró su espalda, que parecía estar completamente rayoneada, como cubierta de garabatos infantiles. Como un muro vandalizado, su espalda tenía toda la superficie llena de tinta.

Moebius empezó a explicarme y, ya tranquilo, me acerqué para comprender mejor de qué se trataba —qué era lo que estaba escrito (recuerdo haberlo pensado precisamente así) en aquel muro humano.

La proximidad me dejó entonces claro que no estaba ante la vandalización desorganizada de una parte del cuerpo de Moebius, sino, por el contrario, frente a una serie de palabras y no sólo en alfabeto latino; palabras que eran, al fin y al cabo —como me explicó Moebius en el mismo momento en que yo también lo descubría por mí mismo—, no propiamente palabras, en plural, sino una sola palabra, repetida en decenas y decenas de lenguas: la palabra *judío*.

No me explicó por qué razón me mostraba aquello, pero me explicó su origen.

En su pecho no había ni una sola letra, todo estaba concentrado en su espalda. Eran tatuajes.

Esto no se me va a quitar ni después de que me muera —dijo Moebius, entre la ironía y una especie de convicción extraña y desajustada.

Su espalda, como dije antes, a cierta distancia, parecía un enmarañado de trazos indefinidos con una sola función: ocultar la superficie de la piel. El hecho de que, después de acercarme, aquellos trazos aparentemente inconexos –unos trazos que parecían dibujos– se mostraran como realmente eran –trazos ordenados que constituían, en la mayor parte de los casos, letras bien conocidas–, fue una sorpresa semejante a la que se tiene cuando, entre el conjunto de caras informes y desconocidas en una multitud, sobresale de pronto una –y sólo entonces nos damos cuenta de que esa cara no es nada más una cara que ya conocemos, sino la cara de nuestro padre–. Y así como en esa situación nos veríamos tentados a preguntarle: "¿Qué haces aquí, entre tantos desconocidos?", yo también, en ese primer momento en que la palabra *judío* se me presentó clara en cuatro o cinco lenguas, sentí la necesidad de preguntar: "¿Qué hace aquí esta palabra?", pero me contuve.

El origen de todo aquello tenía más de quince años, según me explicó Moebius.

A partir de cierto momento, en la ciudad donde él y Raffaela vivían, ya después de casados, aparecieron, en un lapso de tres semanas, tres judíos asesinados. El asesino de esos tres hombres, y de varios otros que los siguieron, nunca fue identificado.

–Todavía ha de andar por ahí –dijo Moebius, con una sonrisa extraña.

La característica común de las víctimas era, pues, la de ser judíos, un hecho que, dado el ambiente de la época (Moebius utilizó en ese momento la extraordinaria expresión "dado el oxígeno de la época"), no resultaba del todo sorprendente, pues podían encontrarse más de diez razones "intelectualmente comprensibles", dijo el propio Moebius, "para que alguien quisiera matarnos". Todas las víctimas eran del sexo masculino, y el rasgo insólito de estos asesinatos en serie era que el asesino, en un conteo macabro, numeraba a las víctimas marcando un número en su espalda–. Este hecho se volvió tan relevante que, cuando un judío asesinado apareció con el seis marcado, de arriba abajo, en la espalda, la semana siguiente la policía estuvo completamente ocupada en la búsqueda de la víctima número cinco, pues esta aún no había aparecido. Este conteo terrorífico terminó, sin ningún salto, en el número doce –y se hallaron las doce víctimas– pero aquella locura criminal se detuvo súbitamente, tal como había comenzado. Y desde entonces –y esto había ocurrido hacía unos quince años– no volvió a suceder nada, aunque nunca capturaron al asesino. Moebius planteaba la hipótesis de que el asesino había muerto por alguna razón ajena a estos acontecimientos; o bien de que alguien o algo había estado atento y lo había detenido, aunque lejos de las miradas del mundo –dijo Moebius. Y sugería esta hipótesis porque le parecía completamente improbable que alguien, tras iniciar un conteo de estos, tras revelar esta obsesión, pudiera abandonar de un día para otro esta especie de proyecto negro. Así pues, para Moebius, el asesino de aquellos doce judíos estaba, sin duda, muerto.

Pero había sido ése el origen de lo que yo ahora observaba en detalle. Al principio empezó como una especie de orgullo "de raza", según dijo el propio Moebius. En aquellas semanas, en las que muchos intentaban disimular a como diera lugar su origen judío, Moebius, por el contrario, lo exhibía en todas las ocasiones y sitios posibles, y fue él mismo el que, en aquellos días, le pidió a su mujer que le tatuara por primera vez la palabra *judío*. A esta primera inscripción la siguieron, casi naturalmente, dijo Moebius, las demás. Poco a poco su espalda se fue llenando de aquella palabra, en todas las lenguas.

—Junto a mi omóplato derecho —dijo Moebius—, puede ver la palabra *judío* en alfabeto cirílico. Junto a la columna vertebral, arriba, la palabra en...

En fin, me encontraba —recuerdo haberlo pensado— frente a un diccionario en todas las lenguas del mundo, pero era un diccionario de una sola palabra. Un diccionario que era además, al mismo tiempo, un mapa anatómico y geográfico. Y es que, de hecho, la obsesión por la ubicación y orientación de los distintos puntos era ostensiva y dejaba claro que, años antes de que la pareja construyera el hotel, su fijación cartográfica ya estaba ahí. Al observar con atención la espalda de Moebius me di cuenta de que era posible seguir la ubicación de los distintos países en el mapa, haciendo allí, sobre la piel de Moebius, exactamente el mismo trayecto de la vista, pues el nombre de cada país estaba ocupado por la palabra *judío* escrita en la lengua que se hablaba en ese punto del mundo. Aquella noche también me fascinaba, de algún modo, el espectáculo que el cuerpo mismo de Moebius me ofrecía: era un cuerpo seco, sin un gramo de grasa, que, por lo mismo, facilitaba la visión de su espalda como un mapa, como una superficie plana; casi daba la sensación de ser una superficie de dos dimensiones, una superficie de escritura, como una hoja.

Lo que empezó teniendo un objetivo adquirió poco a poco, según me explicó él, otra dimensión, una dimensión casi mítica. La verdad es que Moebius sentía que esas palabras iban transformándose en lo que yo había visto en ellas al principio —en una mancha de tinta que ya no dejaba ver ni un centímetro de piel—. Era un escudo que lo protegía, que lo volvía, así lo sentía él, invulnerable.

—Todas las víctimas —dijo Moebius—, eran del área en la que vivía la pareja —incluso un amigo cercano se contaba entre ellas, de manera que él, Moebius, estaba naturalmente en la mira, en el camino del asesino—. Algo —dijo Moebius—, impidió que yo fuera una de las víctimas. Y Moebius creía que eso que en aquel momento de insólita y extraña intimidad me estaba mostrando era la causa, en última instancia, de su sobrevivencia.

Claro que semejante explicación no se basaba en un raciocinio lógico, pues el asesino no podía saber, como reconoció el propio Moebius, que su espalda ya estaba, por así decirlo, y recurriendo a la ironía, ocupada. La sensación de que aquella palabra lo había protegido era, pues, algo que rebasaba las razones accesibles a la inteligencia y al pensamiento. Él mismo dijo que se sentía portador de un secreto que los demás nunca podrían descubrir o entender.

IX
BUSCAR UNA PLANTA

I. EL OJO ROJO

De repente está ese hombre ordenándonos que nos detengamos como si fuéramos sus empleados. Nos detenemos.

—¿Qué pasa? —pregunto.

El hombre se acercó, y la cercanía permitió que le viera los ojos. Su ojo izquierdo estaba rojo, como si esa parte de su cuerpo —recuerdo haberlo pensado— hubiera sido asesinada. Pero funcionaba plenamente, sin duda —uno de sus ojos presentaba un rojo ostensivo, que, empero, no parecía molestarle al hombre—; en medio de esa sangre esparcida a ambos lados de la pupila, una telaraña, había un ojo atento, preciso, que parecía hacer de la exactitud con que nos miraba un instrumento de impiedad. Como si Hanna y yo fuéramos los culpables de que aquel ojo estuviera así.

En la mano derecha, el hombre llevaba una maleta que transportaba con algún esfuerzo; un esfuerzo que procuraba disimular en todo momento, con una actitud casi infantil.

—Quisiera mostrarles algo —nos dijo. Y aunque sus

palabras pudieran sugerirlo, el hombre no tenía nada que vendernos.

Lo que traía en la mano era una pequeña hielera. La apoyó en el suelo de la banqueta y, como si se preparara para mostrarnos distintos tipos de corbatas, la abrió y acompañó nuestro susto con unas palabras que, a manera de explicación, intentaban calmarnos:

—Es una marta. Es un animal difícil de encontrar.

—Muerto —habrá murmurado Hanna.

Estaba muerto, rodeado de gran cantidad de hielos, mismos que el hombre revolvía como si no rodearan el cadáver de un pequeño animal, sino una bebida que quisiera mantener fría.

—Es un animal muy difícil de encontrar —repitió. Quisiera entregárselo a alguien para que lo cuide. Para que lo embalsame o algo así. Un animal difícil de encontrar no se tira a la basura —dijo—. Ni aunque esté muerto.

»¿Puedo cerrarla? —preguntó.

Respondimos que sí.

Era un animal blanco, con una cola larga. Y allí, entre el hielo, la contaminación de tonos desmayados —la blancura del animal, la blancura del hielo— nos transmitía una sensación excesivamente desagradable.

Nos explicó que ya llevaba varios días de arriba abajo con la pequeña hielera. Que nadie quería quedarse con el animal —y decía esto como si hablara de un animal vivo al que hubieran abandonado.

—Fui al Museo de Historia Natural y me dijeron que no tenían personal específico para encargarse de casos como este. Luego fui a la Sociedad Protectora de Animales y tampoco lo recibieron.

»Si nada más protegen a los animales cuando están vivos –nos dijo el hombre–, están cometiendo un error.

Asentí, aunque su discurso me parecía cada vez más absurdo.

–Tenemos que proteger a los animales muertos, exhibir los animales muertos, y sólo así defenderemos a los demás.

–Sí –respondí.

–Mire mi ojo –dijo el hombre, súbitamente y, con dos dedos, el pulgar y el índice de la mano izquierda, se jaló la piel de la cara de tal manera que su ojo quedara completamente expuesto, con una especie de falta de pudor localizada, pero que no dejaba de ser falta de pudor. Un exhibicionismo que manifestaba tal vez un erotismo desviado, algo así. Su ojo izquierdo estaba mucho más rojo que el derecho, pero en ambos, la sangre, que tal vez provenía del interior, de una manifestación interna, por lo tanto, se exhibía de una forma que llegaba a dar asco.

De repente preguntó:

–¿Quieren quedarse el animal?

Le contesté que no. Que no estábamos en condiciones de encargarnos de un animal muerto.

Él dijo que nos dejaría la hielera.

–Sólo tienen que renovar el hielo cada cierto tiempo. Con que lo cambien cada seis horas el animal se conserva sin problemas.

La hielera estaba cerrada y en el suelo. Hanna insistió

en que nos la lleváramos y le dio un abrazo al hombre, como solía. A veces bastaban unos segundos para que Hanna dijera que quería a una persona y la abrazara. Yo dije que no. Ella insistió. El hombre —estaba loco— seguía jalándose la piel que tenía sobre la ceja y debajo del ojo, exponiendo su enorme globo ocular rojo.

—¿No quiere sacarle una fotografía a mi ojo? —me preguntó.

II. UNA FOTOGRAFÍA

Fue el hombre del ojo rojo el que nos puso sobre aviso.

Fijada sobre un edificio había una enorme fotografía. Mirábamos hacia allá arriba. La fotografía tendría tal vez unos diez metros de alto por unos seis de ancho. Era la fotografía de una cara en gran plano.

—¿Conoce esa cara? —me preguntó el hombre.

Miré hacia arriba atentamente, siguiendo la dirección de su cabeza.

La fotografía —lo reconocí— era de Göring.

El hombre, con la cabeza vuelta hacia arriba, hacia lo alto del edificio, observaba la fotografía manteniendo la presión de sus dedos y su ojo muy abierto, como si sostuviera una lupa invisible. La imagen de aquel hombre con la cabeza inclinada hacia atrás, como si mirara por entre sus dedos con aquel ojo rojísimo, casi movía a la risa, pero transmitía al mismo tiempo una particular sensación de incomodidad.

En cuanto al cartel —no tenía ninguna palabra, ningún eslogan, ningún dibujo o símbolo—: era nada más la cara de Göring, en enormísimas proporciones, ahí, en la parte más alta de uno de los edificios más significativos del centro de la ciudad. ¿Quién lo había puesto allí? ¿Cómo es que lo habían autorizado?

Pensé en la familia Stamm, pero los carteles que ellos hacían distaban mucho de parecerse a aquello. No tenía su marca gráfica y, además, por lo menos a primera vista, eso no tendría sentido. No era acorde con sus objetivos y un punto decisivo era que aquello, aquella enorme fotografía, era demasiado dispendiosa.

—¿Es Göring? —pregunté.

El hombre permaneció callado durante algunos segundos, con los dedos forzando al párpado a mantenerse abierto.

—Es Göring, sí.

Ese hombre había muerto hacía muchos años. Había sido juzgado y fusilado en su debido momento. ¿Qué pretendían con aquello?

—Están locos —dijo en voz baja el hombre del ojo rojo, que, súbitamente, como si temiera que alguien se la fuera a robar, había asido de nuevo, con la mano derecha, la pequeña hielera.

»Están locos —repitió.

III. Buscando una planta

Nos invitó a su casa, quería mostrarnos sus obras. Se presentó. Era un artista. Me entregó una tarjeta. No pude leerla. La tarjeta tenía una mancha y una línea en el centro, pero ninguna letra. Yo no veía más que una pequeña tarjeta completamente blanca con una pequeñísima y delgada línea negra en el centro.

—Lo que está escrito allí es mi nombre: Agam Josh —me explicó el tipo, señalando la línea negra como si estuviera leyéndolo:

—————————

Agam Josh-Artista

Y después dijo, riéndose:

—Puede que no se note, pero la palabra *artista* tiene una *a* grande.

No dije nada, le pasé la tarjeta a Hana. Él me explicó:

—Las letras son tan minúsculas que parecen una línea,

las manchas negras se fundieron y los espacios en blanco desaparecieron. Las letras parecen no existir. Cuando se disminuye el tamaño —dijo Agam—, desaparecen las diferencias: la diferencia entre una *a* y una *b* se vuelve absolutamente ridícula a esta escala y con la débil capacidad de nuestros ojos. Las letras tienen un tamaño de 0.001 milímetros, así, a simple vista, parecen no existir. El alfabeto, a esta escala, se convierte en una sola letra, en un solo símbolo; en un símbolo, por si fuera poco, vacío, que no significa nada; la tinta vuelve a ser tinta, regresa al punto del que partió y de este modo creemos que no está pasando nada, pero puede ser que esté escrito allí algo esencial. Son letras que sólo pueden distinguirse con un microscopio. O sea, mi estimado amigo, que sólo puede acceder a mi nombre alguien que le ponga mucha atención. Sólo alguien que fije la vista durante mucho tiempo en esta línea.

Llegamos.

Nos contó que un amigo tenía un ojo con tanta agudeza que, desde hacía muchos años, ambos jugaban a veces al gato y al ratón: él escribía una frase de ese tamaño y su amigo, el de los ojos de águila, así lo describió Agam, sin auxiliarse con ningún aparato, se concentraba frente a él y trataba de sacar, de aquello que todos veían como una línea, una frase.

Nos mostró una hoja de papel:

–Línea –murmuró Hanna.

Agam aclaró que no.

–¿Puede leer esta frase?

Miré la línea con toda mi atención.

———————————

–No puedo distinguir ninguna letra –respondí.

–Pues ese amigo mío se concentra unos minutos y me dice la frase. Les atina a las comas, a las letras mayúsculas, a todos los detalles.

Hijo único, Agam trabajaba en la planta baja de una casa cuyo primer piso tenía dos cuartos –uno donde dormía su madre, y otro, el suyo–. Su padre había muerto en la guerra.

Hanna había escuchado la palabra *padre*. Lo notamos por su reacción.

Agam sonrió, me miró.

–Estamos buscando al padre de Hanna –dije.

Agam no me puso ninguna atención.

–Pinto, dibujo, hago esculturas e invento objetos extraños –dijo–. Hago obras minúsculas –nos explicó–. Cuando mucho, miden la décima parte de un milímetro; ¿sabe lo que es la décima parte de un milímetro? Su cabeza tal vez lo sepa, pero sus ojos, no –añadió Agam murmurando.

Entramos en su taller. Un compartimento único, espacioso, pero prácticamente vacío, arregladísimo. Recuerdo haber pensado que allí tenía espacio para hacer obras de tamaño normal.

En el centro del taller, que parecía un desierto, con tan pocos objetos que se contaban con los dedos de una mano, había una mesa con dos enormes microscopios, unos utensilios que no pude identificar y unas manchitas de material que tal vez eran sus trabajos, pero que a primera vista parecían restos de mugre, vestigios de algún otro trabajo de mayores dimensiones.

Parecían gotas de tinta o pequeñas astillas de madera que hubieran saltado, y eran unos puntos tan minúsculos que Marius ni a treinta centímetros podía distinguir de qué material estaban hechos.

—¿Quiere ver? —me preguntó Agam. Yo asentí, pero no hice ningún movimiento en ese sentido. Seguía intentando comprender el espacio. Miré a mi alrededor.

Agam estaba manifiestamente contento por tener compañía. Había dejado la hielera junto a una de las paredes.

—Antes de ver esto, présteme la hoja que le acabo de entregar.

Le di la hoja y él la puso bajo la lente de uno de los microscopios.

—Díganle adiós a la línea —nos dijo.

Y nos invitó a mirar una vez más la hoja antes de poner los ojos en el microscopio.

La miré por última vez. Como si realmente se tratara de una despedida.

Como si alguien fuera a partir o como si yo estuviera, recuerdo haber pensado este absurdo, a punto de quedarme ciego.

Era una línea que seguía siendo una línea

Me acerqué al microscopio y miré por la lente. El primer impacto hizo bailar las letras de un lado a otro, pero pronto se quedaron quietas y leí:

No dirigir la palabra a nuestro polvo

Aparté el ojo del microscopio, desvié la cabeza y miré de nuevo la hoja:

Invité a Hanna a mirar. Estaba curiosa pero desconfiada.

–Vale la pena –le dije. Y le expliqué después, lentamente, el proceso–. Donde está esa línea vas a ver letras.

Insistí, pero Hanna sacudió la cabeza, le daba miedo asomarse.

Agam volvió a abrirse el ojo izquierdo con los dedos, exhibiendo esa rojez medio repugnante. Mientras nos lo mostraba, dijo:

–La niña tiene razón. Esto no es nada bueno para la salud.

Le pregunté si él podía leer la línea, esas fueron realmente las palabras que usé:

—¿Puede leer la línea sin el microscopio?

—Claro —respondió—. No puedo escribir la línea sin el microscopio o sin mis utensilios para trabajar el detalle, pero puedo leerla, sin ningún problema. Y no me tardo minutos, como el amigo del que le hablé.

A continuación nos explicó que había adquirido un problema en el ojo: era muy sensible a la luz —sólo su ojo izquierdo, el que usaba para ver por la lente del microscopio mientras trabajaba—. Cada uno de sus ojos había seguido un camino diferente, dijo, como si tuvieran una biografía por completo distinta aunque pertenecen al mismo hombre —y Agam dijo esto sonriendo.

—Cada uno tiene sus problemas —volvió a reír—, al ojo izquierdo lo he forzado tanto que puedo ver con él detalles minúsculos inimaginables, pero la luz y los espacios grandes me molestan. No propiamente a mí, sino a mi ojo izquierdo. Para ver carteles como ese… qué locura, ¿no? —murmuró, aludiendo al enorme cartel que habíamos visto a lo alto del edificio—. ¿Qué está pasando? Bueno —prosiguió—, pero mi ojo derecho se fue por el otro lado, por decirlo de algún modo, pasó por otros acontecimientos. O más claramente: no ha visto lo que el otro ha visto. Son dos ojos hermanos, pero de esos que casi no se reconocen, que casi no guardan semejanzas entre sí. ¿Sabe cómo creo, a veces, que debería llamar a mis ojos? Caín y Abel, dos hermanos muy distintos, tan distintos que terminarán por odiarse y matarse entre sí. Los médicos se can-

saron de aconsejarme que usara los dos ojos para ver por
el microscopio, sobre todo cuando hacía mis trabajos, que
exigían una pericia endemoniada. Pero nunca lo hice. Me
acostumbré a trabajar con el ojo izquierdo. Prácticamente sólo mi ojo izquierdo ha mirado por esta lente. Cuando
mi ojo derecho lo hace es casi por entretenerse, digamos
–y se rio–, como un divertimento. Este ojo –y ahora se
señalaba el ojo derecho, abriéndose, como había hecho con
el otro, los párpados con los dedos–, ¿ve? –y en ese momento, manifestando cierta grosería, sólo se dirigía a mí,
casi dándole la espalda a Hanna–, este ojo no está tan rojo
como el otro, que lo espantó hace rato. Y a la niña también,
¿no? –y se volteó. Es que este ojo –prosiguió–, el derecho, casi siempre está cerrado. Es terrible el trayecto que
hice con mis dos ojos: uno pasó años y años esforzándose,
este, el izquierdo; y el otro pasó años y años descansando
–y Agam se rio–. Cuando miro por el microscopio –y lo
hizo, para darnos un ejemplo–, el ojo izquierdo se mantiene alerta y se esfuerza por ver cosas muy pequeñas, se
cierra, así –y podíamos ver cómo se acercaban sus párpados– pero mantiene una rendija, una pequeña rendija por
la que mira; es como si hubiera que cerrar el ojo para
poder ver mejor. Y ni le cuento cuánta es la diferencia de
dioptrías, cuánto distan los problemas de uno de los del
otro. Son el ojo derecho de un hombre y el ojo izquierdo
de otro, eso me dijo un médico. Imagínese a alguien que
vive en una ciudad grande y tiene que resolver una serie de problemas típicos de la gran civilización, e imagínese a otro hombre que vive en el extremo opuesto del

mundo, que aún enfrenta los viejos problemas; uno que tiene problemas del siglo XIX, o incluso del siglo XV, y otro que ya ha superado las cuestiones del presente siglo. No es posible que se entiendan, mis ojos no se entienden. Uno les teme a unas cosas; otro a otras. Mi ojo izquierdo le teme a la luz y es casi incapaz de percibir un gran plano; por ejemplo: me resulta doloroso mirar un paisaje a través de este ojo; doloroso, incluso físicamente, me duele, tengo que tapármelo, que cerrarlo; me molesta, como si siempre quisiera cerrarse un poco, siempre está así, ¿ve? —y se señaló el ojo—, siempre está dudando entre cerrarse o abrirse. Por eso cuando quiero ver algo en un plano más amplio tengo que separarme los párpados con los dedos. Mi ojo ya no es capaz de hacerlo sin un auxilio externo —explicó—. No se abre por sí mismo. Tengo que forzarlo con los dedos. Se trata de forzarlo, realmente, es una especie de maltrato, lo reconozco. Cuando lo hago —y volvió a hacerlo; parecía causarle cierto placer ese movimiento de separarse los párpados y exhibir su enorme ojo rojo—, cuando lo hago, me siento, en parte, externo a mi ojo, siento que practico una pequeña maldad, como si obligara a alguien a mirar algo que no quiere ver, una imagen repelente. Mi ojo izquierdo sólo quiere ver detalles, cosas minúsculas, debería respetarlo, por decirlo de algún modo, pero no puedo. Necesito ambos ojos para saber dónde estoy. Y como le decía —prosiguió Agam—, cuando estoy en la calle, cuando salgo, cuando hay que ver algo allá al fondo —y qué extraña me resulta esta expresión—, entonces mi ojo derecho entra en acción e, instintivamente, si no lo fuerzo a hacer lo contrario, mi ojo izquierdo se cierra.

En realidad es como si no se tratara de dos ojos, sino de una pierna y un brazo: funciones completamente distintas. Mi ojo izquierdo es bueno, muy bueno, en verdad, para ver lo minúsculo. En esta línea, mi ojo ve –y Agam tomó la hoja:

»…la frase: "No DIRIGIR LA PALABRA A NUESTRO POLVO".

»Digamos que es un poco así: mi ojo izquierdo está listo para funcionar bien en este taller, mi ojo derecho está preparado para el resto de la existencia allá afuera. Sólo que, mientras mi ojo izquierdo es como superdotado y ve cosas realmente increíbles, como ya se dio cuenta usted, mi ojo derecho es normalísimo; allá afuera es como los demás, tal vez hasta un poco peor. Sólo tengo un ojo para ver la ciudad, y es un ojo normal; esta es, pues, mi situación existencial, por decirlo de algún modo –y se rio–. Es una situación un tanto desafortunada. Estoy seguro de que cuando usted me vio por primera vez pensó que estaba loco. Pues, como ve, no lo estoy. Cuando mucho, podría aceptar que clasificaran a mis ojos con alguna patología que superara las cuestiones físicas a un grado en el que la terminología mental fuera la adecuada. O sea, podrá usted decir, lo acepto, que mis ojos de algún modo están locos, que perdieron el juicio y, funcionando cada cual por su lado, manifiestan una especie de esquizofrenia no anatómica, sino funcional; como ve, tengo los ojos bien paralelos. Pues bien, el ojo izquierdo me sirve para que el mundo no me vuelva loco, y el derecho, para que no me vuelva loco mi taller. Este ojo izquierdo es mi parte privada, mi individualidad. En el fondo, mi estimado –me dijo Agam–, la única razón por la que no me he matado es porque, punto número uno, mi madre no ha muerto y porque, punto número dos, tengo un ojo izquierdo que nadie más tiene y que huyó del mundo, así es como lo siento. Este ojo huyó del siglo, se fue, está en otro ambiente, entró en otro tiempo. Es un ojo religioso, por él huyo yo. Usted, si me permite darle un consejo, mantenga por lo menos una parte del cuerpo un poco alejada del mundo, si no, no sobrevivirá.

»Siento que se abusa de la realidad. Alguien parece estar trayendo continuamente, por las vías del tren, cargamentos gigantescos de realidad, como si esta realmente pesara, como si estuviera hecha de un material concreto y alguien, una institución con origen y fines desconocidos, se encargara de mantener la provisión. Confieso que siempre me han dado un poco de desconfianza los trenes de carga. Nadie explica qué transportan. Lo que yo sé es que los trenes de carga no hacen paradas. A veces tengo pesadillas cuando pienso en lo que descargan al final de la línea, en algún lugar cualquiera, al que los ojos normales no pueden acceder. Pero fíjese –dijo súbitamente, tal vez notando mi incomodidad, y sobre todo la de Hanna, que ya me había dado un jalón: quería irse de allí–, pero fíjense –dijo, utilizando el plural por primera vez desde hacía mucho tiempo, esto es, poniéndole algo de atención a Hanna, aunque poca, puramente verbal, una *n* más simplemente, pero una *n* que importaba, que evitó que me largara de allí, porque yo lo escuchaba con curiosidad, pero era demasiado grosera la poca atención que aquel hombre manifestaba respecto a Hanna. Tal vez se dio cuenta de eso, y ahí estaba, pues, mirando a Hanna, sonriendo, invitándola a establecer contacto, invitándola a ver–, esta es una pintura que hice –dijo–, no lo va a creer, de una famosa batalla que involucró miles de caballos y miles de hombres de a pie. Es esta batalla que pinté aquí –y señaló un punto minúsculo de su mesa de trabajo, un punto que puso debajo del microscopio–. La pinté con diversos colores –y se rio–. Mira, asómate por aquí, niña –dijo dirigiéndose ahora exclusivamente a Hanna–, una batalla, con miles de caballos y hombres, en tres milímetros –Hanna sonrió, pero sacudió la cabeza; yo, en cambio, aunque estaba cansado, aún sentía curiosidad e, inclinándome, tras mirar por última vez aquel punto:

.

…acerqué mi ojo derecho a la lente del microscopio.

.

–Y vea también esto.
Miré por el microscopio. Era una escultura.
–Un jardín japonés –dijo Agam.

Miré el punto a simple vista:

.

Y de nuevo por el microscopio.

—A su derecha —me explicó Agam, mientras yo seguía con el ojo asomado por la lente—, si los busca bien, hay dos bonsáis típicos, hechos con madera pura. Al lado izquierdo verá la escultura de una pequeña flor, una flor típica japonesa, una azálea satsuki roja. Y en el extremo izquierdo —continuó, como si hablara de un enorme paisaje y no, objetivamente, de menos de un milímetro de materia—, en su extremo izquierdo verá un animal, un gato, de esos que algunos meten en botellas para que no crezcan.

Mi ojo hizo el recorrido indicado, como alguien que, con los ojos vendados, obedeciera a las indicaciones "HACIA ADELANTE, HACIA LA DERECHA, HACIA ATRÁS" de otra persona que, sin venda, fuera capaz de verlo todo y por eso mantuviera el control sobre nosotros. Así me sentía, de hecho: controlado por Agam, obedeciendo sus órdenes —como si él desde hace mucho hubiera estado viendo lo que yo quería encontrar—. Él me dirigía. Y yo tenía, de alguna manera, los ojos cerrados.

—Un poco más abajo del animal, a su izquierda, si baja ligeramente la mirada, verá otra planta: sakura, la flor de cerezo. Bonita, ¿no?

Sí, la encontré: una planta hermosa. Y lo cierto es que, aunque Hanna no se hubiera dado cuenta, ya hacía mucho que no buscábamos a su padre.

X
PESO Y MÚSICA

I. LA IMPORTANCIA DEL PESO

Poco después de enterarme de la visita del fotógrafo, decidí marcharme del hotel. En ese momento nuestra marcha aún no estaba definida, pero me había asustado y aceleré el proceso.

Acabábamos de hacer las cuentas con Raffaela en la recepción cuando nos cruzamos con el Viejo Terezin.

Nos saludó, dirigiéndole a Hanna una sonrisa franca.

—¿Van de salida?

Respondí que sí.

Él nos esperó en el patio interno del hotel. Salimos los tres juntos —Hanna, el Viejo Terezin y yo.

La neblina matinal nos distraía del exterior. La escasa visibilidad nos aislaba —era como si alguien estuviera protegiéndonos dentro de un diámetro de ocho metros de las cosas y de la atención que estas exigen, cubriéndolas—. Y ese fenómeno atmosférico vulgar nos acercó incluso físicamente.

—¿Van a la izquierda? —preguntó—, ¿a la estación?

Íbamos hacia el mismo rumbo.

Él tenía setenta años, tal vez más –llegado un punto, cuando una edad se aleja mucho de la nuestra, esa diferencia se convierte en otra forma de distancia en el espacio, como si él, entonces, estuviera a muchos metros de mí, yo no lo veía bien–; por lo menos en ese particular, a los setenta años, el Viejo Terezin caminaba con el vigor de alguien que todavía tenía que cumplir varias tareas. Estaba en excelente forma. De estatura normal, no tan alto como Moebius; sólo sus uñas sucias dejaban ver cierto descuido. La cara flaca, la nariz sobresaliente, en sus cejas había una lucha en la que el color negro aún no había perdido del todo, ropa sencilla; en fin, era un viejo que me inspiraba confianza –se notaba que ya había conocido todas las condiciones y que, por lo tanto, aunque seguía con dos o tres deseos firmes, había perdido el ansia sin objetivo que tienen todos aquellos que aún no han llegado a un límite–. Era claro que él ya había estado allí, en ese límite, y había vuelto. Nada en él se elevaba en exceso o procuraba exhibirse; al contrario, todo seguía un ritmo estable, empezaba por el principio, como el abecé; pero el principio lo determinaba él de una manera rápida y práctica, saltándose, por así decirlo, muchos otros principios posibles, principios anteriores, más formales. Nosotros, por ejemplo, no habíamos cruzado más que unos saludos corteses durante esos días, cuando nos encontrábamos en el hotel, pero esa mañana, sin ningún atropello, sin que yo sintiera ningún tipo de intromisión, el Viejo empezó a hablarnos en un punto específico que ya era el efecto de una especie de estudio instintivo. Había comprendido que Hanna y yo de ninguna manera lo pondríamos en peligro; había comprendido que estábamos en búsqueda y ese estado en tránsito, esa posición fluctuante que es estar en búsqueda, producía una curiosidad y una disponibilidad que el Viejo Terezin había detectado en nosotros. Había comprendido que mi estado general, mi tono, era el de la expectativa, estaba disponible para ver y escuchar. En pocos minutos charlábamos cómodamente o, para ser más exactos, él charlaba, como si, durante aquellos días de permanencia en el hotel siempre hubiéramos estado juntos, en una convivencia constante.

Terezin empezó por elogiar el poco peso que llevábamos.

—Hay pueblos que tardan siglos en entender eso —dijo, y después se rio como si acabara de contar un chiste.

Hanna se rio también —casi siempre respondía a la risa de los demás con una carcajada—. El Viejo Terezin la miró con simpatía.

Nos presentamos —él dijo su nombre, que no llegué a retener, pues enseguida añadió que en el hotel, Raffaela le decía Terezin, el Viejo Terezin, y que a él no le importaba—. Puede decirme así —afirmó.

Después nos explicó cuán fundamental era aquella cuestión del peso.

Yo llevaba a la espalda mi mochila con mis cosas imprescindibles y con los objetos de Hanna, incluyendo su pequeña caja con ejercicios para personas con discapacidad mental. Hanna no llevaba nada.

—No conocieron mi cuarto —dijo el Viejo Terezin—, cuando vuelvan los invito. Van a ver —murmuró— lo vacío que está. Les voy a decir lo que hay en mi cuarto: un colchón; cuatro libros, sabrán cuál es uno de ellos, sin duda; y además una silla, una mesa de madera, las sábanas de la cama y algo de ropa, poca. Otro par de zapatos además de este, un par de zapatos que casi no he usado. Y también tengo cuatro pequeños objetos; no les voy a decir qué son, ustedes disculpen; algunas hojas de papel, unas plumas... y eso es todo.

»A lo largo de estos años, podrá parecerles extraño —continuó Terezin—, pero el cuarto ha ido perdiendo elementos, nada entró, y algunas cosas se fueron. Fue perdiendo peso, por así decirlo. Después de que llegué a vivir aquí definitivamente, tal vez un par de años más tarde, cuando a nuestros simpáticos anfitriones les quedó claro que me quedaría, que no los dejaría, les pedí que sacaran del cuarto la base de la cama. Era un gesto inútil, sin duda, no es parte de mis planes cargar con la cama algún día. También se fueron otros cachivaches que había allí, tan poco importantes que ni los recuerdo. Se fueron yendo cosas, fui despidiéndome de cosas —añadió con una sonrisa—. ¿Sabe que, durante muchos años, antes de la guerra, estuve en un lugar en el que, de vez en cuando, tenía que echar a alguien? No es fácil despedir a una persona, ni aunque sea la persona que más detestamos en el mundo; echar a alguien a la calle le revuelve las emociones incluso a un tipo como yo —y se rio de nuevo—. Durante dos décadas despedí tal vez, después de charlar con los hombres a los que tenía que despedir como charlo ahora con usted, tuve que despedir, le decía, tal vez a más de cuatro decenas de hombres. Hubo un periodo en el que despedimos a quince personas en un mes. Bueno, pues después de eso, despedir objetos, mandarlos a la calle, hacer que nunca vuelvan a cruzarse con nosotros, es casi una tarea de niños. ¿Sabe que no volví a ver jamás a la gran mayoría de las personas que despedí?

Se detuvo a la mitad del paseo y sacó un papel y una pluma del bolsillo de su abrigo.

—Le voy a decir cuánto pesa mi cuarto. ¿Alguna vez ha pensado en esto? —me preguntó— ¿En el peso de todo lo que está en su cuarto?

Y empezó a hacer la lista, diciendo en voz alta el peso que correspondía a cada cosa y apuntándolo en el papel:

Colchón: 15 kg
Mesa: 4 kg
Silla: 2 kg
4 libros: 2.5 kg
Ropa: 1 kg
Objetos diversos: 1.5 kg

Y al final escribió:

Yo: 63 kg

—Primera regla —dijo Terezin—: el peso de lo que tenemos en nuestro cuarto debe ser inferior a nuestro propio peso. Es una regla básica. Una especie de principio regulador. De hecho, en mi caso, incluso establecí un límite: el peso de lo que tengo en mi cuarto debe ser inferior a la mitad de mi peso, que se ha mantenido constante desde hace muchos años. De hecho —explicó—, procuro mantener ambos pesos constantes: el mío y el de las cosas del cuarto. Cuando esta proporción se altera es porque existe algún desequilibrio, de un lado o del otro. Este es mi peso constante: sesenta y tres kilos; si adelgazo más es señal de que algo no anda bien, señal de enfermedad. Subir de peso, lo dudo: ya no es posible para mí. En cuanto al peso de las cosas del cuarto, obedece al mismo principio: he intentado mantenerlo constante desde hace algunos años.

»No vale la pena darle muchas vueltas —nos dijo—, ultimadamente, es nuestro peso el que está en juego, es eso lo que tenemos que cargar de un lado a otro. Cuando tenemos que huir, puede ser que tengamos tiempo de llevar otro objeto, pero es poco común. La rapidez con que tomamos nuestro propio cuerpo y escapamos de un sitio en que nuestra vida está en riesgo, esa rapidez depende mucho de ese trabajo previo, el de vaciar el espacio que nos rodea. Cuanto menor sea el peso, en kilos, tal cual, y fíjese, no hay nada abstracto aquí, no estoy hablando de metafísica, créame, es simple y llanamente una cuestión material, objetiva, le decía: cuanto menos peso tengamos alrededor del cuerpo, más rápido huiremos, más fuerte será nuestro instinto de sobrevivencia. Claro que en una emergencia nadie querrá cargar objetos, en una emergencia cada quien intentará huir lo más rápido que pueda; la cuestión es el tiempo que requiere la decisión de abandonar todas las cosas. El tiempo que requiere esta decisión será determinante: algunos van a sobrevivir, otros no. Y el tiempo del que le hablo no se mide en minutos ni en segundos, se trata de milésimas de segundo; a veces sobrevivimos, escapamos del lugar en el que estamos porque decidimos, en una milésima de segundo, correr de allí, correr lo más rápido posible, sin mirar atrás, y si esta decisión, la de correr, la de alejarnos de un lugar, tarda más de una milésima de segundo, puede ser fatal. ¿Me llevo mis cosas, o no? ¡No! En última instancia, en el límite, la decisión siempre es la misma: no nos llevamos nada, pero para que la decisión sea lo más rápida posible en esas milésimas de segundo salvadoras, se necesitan años y años de práctica contando pesos. Ya se habrá dado cuenta de que yo, ante todo, corro.

»Mire —e hizo las cuentas en la hoja—. Para simplificar, le voy a decir COSAS a todo esto. ¿Está bien así? ¿Le gusta el nombre? De acuerdo —e hizo las cuentas:

Colchón: 15 kg
Mesa: 4 kg
Silla: 2 kg
4 libros: 2.5 kg
Ropa: 1 kg
Objetos diversos: 1.5 kg
_____

Total: 26 kg

–En total –y escribió:

Cosas: 26 kg
Yo: 63 kg

–Como ve, es una buena proporción –y después de una pausa, continuó–: No incluí aquí –y señaló el desglose del peso de las cosas– algo que es determinante, pero que no es significativo en cuanto al peso.

Estábamos los tres parados en la banqueta. Hanna y yo, vueltos hacia el Viejo Terezin, escuchándolo. (Hanna, claro, estaría pensando en otra cosa, no lo estaba oyendo realmente.)

–Es una cosa admirable –continuó–, ¿ha intentado pesar el dinero? Pesarlo, tal cual: poner unos billetes en una báscula y pesarlo. ¿Lo ha intentado? Pues yo sí, y puedo decirle que su peso es prácticamente desdeñable. Y esto también lo comprendí hace mucho. Su gran utilidad se debe a su ligereza. Es impresionante, su ligereza. En ese sentido es un invento, por así decirlo, absolutamente desconcertante. El conjunto de posibilidades que abre, en comparación con su peso, es de una desproporción casi irreal. Parece, permita que se lo diga, un invento que no fuera humano. Así es. ¿Sabe cuánto pesa uno de nuestros billetes más valiosos? Una báscula normal ni siquiera señala la presencia de nada. Nada, la báscula no se mueve. Nada de nada, es absolutamente sorprendente, como si no hubiera NADA allí. Pero no es así. Es uno de nuestros billetes más valiosos, uno que alcanza para comprar, en alimentos, si se le saca buen provecho, ¿qué?, ¿tres meses de comida para una persona?, ¿cuatro meses? Pues bien, un billete que alcanza para comprar cuatro meses, permítame decirlo así, (en el fondo se trata de comprar tiempo, lo demás –y sonrió– a pesar de todo, no es tan importante); pero como le decía, un billete que alcanza para cuatro meses pesa, ya lo pesé, una nadería, valores que no se ven. Como le dije, una báscula normal, una báscula para los demás objetos humanos, no marca ninguna presencia, como si lo que estuviera allí fuera un fantasma; visible, pero casi sin ocupar espacio. Más allá de esto estaríamos entrando en cuestiones religiosas –dijo, y se rio–, más ligera y más relevante que esto, sólo hay una cosa: esa de la que todos hablamos o que todos intentamos ignorar, pero que es el centro de todo. Ya ve que tengo razón cuando digo que el dinero, si bien no es, en este sentido, inhumano, por lo menos está en la frontera entre lo que pueden hacer los hombres y lo que puede hacer Dios. A otra persona probablemente le impresionaría lo que le digo, pero ya me di cuenta de que usted, aunque es muy joven –y el Viejo Terezin me miró, por primera vez, directamente a los ojos–, ya me di cuenta de que usted ya tiró la ingenuidad a la basura, y por lo menos eso, la ingenuidad, es algo que ya no carga. A veces –continuó Terezin– eso es tal cual lo que pienso: oscilo entre ver el dinero como una invención diabólica o divina, y no por el uso que le damos, sino nada más por su peso, por la materia de la que está hecho. Bueno –sonrió Terezin–, pero según parece fueron los hombres los que lo inventaron.

»¿Y se ha dado cuenta de que cuando usamos el billete más valioso y luego nos dan el cambio, el peso del dinero que recibimos es mayor, aunque su valor sea obviamente inferior? ¿Lo ha pensado atentamente? Debería pensarlo, señor Marius —dijo riéndose.

Terezin retomó la marcha y nosotros, como si fuéramos simples acompañantes, lo seguimos; en cuanto a mí: me gustaba escuchar, estaba hecho para escuchar.

—¿Tienen tiempo? —preguntó, deteniéndose súbitamente en una esquina. Sentí que Hanna ya estaba desconcentrada, pero contesté que sí.

»Me gustaría mostrarles un lugar —dijo, mientras señalaba la calle que teníamos a la izquierda—. No está lejos. Unos minutos a pie.

Entonces lo seguimos, doblamos a la izquierda y nos alejamos, por lo tanto, de la estación de trenes. A pesar de todo, teníamos tiempo.

—En usted vi inmediatamente la marca del poco peso —dijo después, volviéndose hacia mí—. Es un signo que considero determinante, como supondrá. Me di cuenta de que somos de la misma raza en lo que al peso respecta. Yo incluso diría que esta es la característica que más nos aleja o nos acerca: nosotros somos de la raza de los que cargan con lo mínimo. Mire —y señaló mi mochila—, si estuvieran muy cargados no podrían cambiar de rumbo ahora. El paisaje se altera, las encrucijadas dejan de existir, ¿se ha dado cuenta? Si estamos cargados, vamos de un punto al otro por el camino más corto o más cómodo. Tenemos un destino. Así que, en nuestra cabeza, no existen las encrucijadas, avanzamos siempre por el camino correcto, no hay ninguna decisión que tomar. Aun si doblamos a la izquierda en un cruce, no lo hacemos porque hayamos cambiado de opinión, lo hacemos porque ese era el camino a seguir. Me alegra saber que, para usted, en cambio, las ciudades siguen teniendo encrucijadas —dijo, y yo le respondí con una sonrisa.

Entramos en una calle menos ajetreada y doblamos a la derecha en una esquina —en lo que pareció una transición súbita a otro país—. De un momento a otro, nuestro campo visual cambió por completo. Las casas se acabaron y avanzamos muchos metros a campo abierto. Al fondo podía verse ya algo que parecía un gran edificio abandonado, y hacia allí nos dirigíamos.

—Les voy a mostrar uno de los antiguos archivos de la ciudad —dijo Terezin.

II. Un paseo con Terezin

En medio de un campo completamente abierto, las ruinas de un edificio.

Marius tembló; avanzaron y, a cada paso surgía en él, aunque estaban en tierra firme, sin subir ni un solo escalón, sin que hubiera ningún pozo, surgió en él la sensación del vértigo. Así es, era un vértigo estúpido, inadecuado, eso sentía Marius, un vértigo horizontal, como si el temor a caer siguiera allí, pero el hoyo, la atracción maligna, proviniera de allá al fondo, del momento, del día y hora exactos en que aquel edificio se había inaugurado. Era como si eso que había sentido al subir una escalera sin protecciones —esa angustia provocada por la ausencia física, concreta, de un material que se interpusiera claramente entre su cuerpo vivo y su cuerpo muerto— fuera sustituido entonces por la sensación de que alguien había quitado de allí las protecciones en relación con el tiempo. Su miedo a caer fue sustituido por el miedo a verse atraído por algo que ya no existía, como si lo que ya no existía pudiera exigir su presencia. Pero se trató, claro, de una sensación tenue y breve que Marius superó pronto.

El Viejo Terezin iba adelante y eso, pese a todo, le transmitía estabilidad al grupo. A Marius le preocupaban Hanna y los constantes desniveles del suelo. El terreno estaba cubierto de hierba, pero, gracias a una llamada de atención de Terezin, Marius observó durante algunos segundos dos pequeñas tarjetas que ya estaban medio enterradas, llenas de lodo.

–Son fichas del archivo –explicó Terezin.

Eran tarjetas del archivo, muy parecidas, en cuanto a tamaño y tipo de papel, a las fichas que Hanna llevaba consigo cuando Marius la encontró. Fichas comunes y corrientes, de catalogación. Marius se inclinó sobre una de ellas, un papel que sin duda había sido considerado, hacía tiempo, como un documento, como algo que había que guardar, algo digno de la atención y el gesto de su salvador: lo contrario de la basura. Y allí estaba entonces, a unos centímetros de la bota derecha de Marius, hundida en gran parte en el lodo, una ficha que sólo tenía la esquina superior derecha a la vista –como un brazo que siguiera pidiendo ayuda, que aún no se hubiera rendido, y que intentara, agitando los dedos, mostrar que había algo allí que quería seguir en el mundo de los hombres–. Así fue también como Marius vio ese fragmento que no se había dejado cubrir por la tierra y por las hierbas –como si se tratara de un acto intencional y no del azar–. Había allí, extrañamente, un ser híbrido, casi repulsivo.

Lo que quedaba a la vista –menos de una cuarta parte

del tamaño de la ficha– tenía un número en la esquina superior derecha, y ese número era una señal humana evidente; y debajo de ese número, unas líneas abajo, podían verse aún algunas letras –no palabras completas, mucho menos frases, sino algunas letras: una *m*, después unas *st* juntas, después, en la línea de abajo, una *a*, otras *an*, *k*– y esas eran las letras que quedaban, como si las hubieran hecho con un material más resistente o, pensó Marius, como si, cuando el empleado del archivo escribió esa ficha, su puño, todo su peso hubiera caído con más fuerza sobre una letra; por eso, Marius veía las letras sobrevivientes como vestigios de palabras, de frases, pero, más que eso, como vestigios de una intención y de una voluntad.

Marius no tuvo tiempo de pensar en lo que significaba aquel ser híbrido, aquella ficha, pero en efecto había algo allí que, después de una larga mirada, le parecía un ser nuevo y, al mismo tiempo, muy antiguo; y esa mezcla en una misma materia de dos tiempos muy distantes era una de las particularidades de aquel elemento. A Marius ahora le quedaba claro que aquel ser, como algunos de los monstruos retratados en la Edad Media, tenía la parte superior humana y la parte inferior hecha de otro material más antiguo, no humano.

Pero un pequeño animal se posó sobre la parte humana de la ficha y Marius, ya de pie, sonrió ante el entusiasmo de Hanna por aquella minúscula invasión. Pero el Viejo Terezin los llamó.

Repitiendo los gestos de Terezin, Marius se asomó

por una ventana que ya no tenía vidrios. Allá adentro, un enorme pabellón abandonado, prácticamente vacío.

—Si se fija en la pared del lado opuesto —dijo Terezin—, verá que todavía hay un cajón en el suelo.

El Viejo Terezin explicó que durante un año había visitado ese archivo con gran regularidad.

—En aquel tiempo investigaba, como deben hacer todos cuando entran a la edad adulta en cualquier lugar, mi familia, mis orígenes. Este archivo —dijo Terezin— tenía mucha documentación al respecto, y los que querían comprender su genealogía venían aquí.

Pero lo que Terezin quería mostrarnos era otra cosa. Era un muro, uno de los muchos muros que aún seguían en pie; en ese muro había una partitura.

—¿Sabe leer música? —le pregunté a Terezin. Él asintió y dijo que se había aprendido aquella tonada allí mismo, frente a ese muro.

—Alguien debe haber escrito esas notas en el muro hace unos sesenta años —continuó Terezin— indagué bastante y no las encontré reproducidas en ningún lado. Puede que sean de un músico casi desconocido, o incluso de un *amateur*, no es una melodía particularmente atractiva, por cierto —dijo Terezin, y tarareó un poco las notas que estaban frente a nosotros, unas ya medio borradas, otras cubiertas en parte o totalmente por la hiedra que había crecido ahí, a la mitad; otras notas más habían desaparecido, porque al muro le faltaba una parte donde estaban los restos de la partitura; un trozo del muro se había derrumbado.

»Esta fue la melodía –dijo de súbito Terezin– que silbé sin cesar mientras estaba preso. Es de gran utilidad, la melodía –añadió, seco.

El Viejo Terezin se puso a silbar, ahora de principio a fin, la pieza, y durante algunos segundos Marius se sintió avergonzado ante el leve grado de ridículo en el que estaba cayendo aquel hombre.

Hanna, sin embargo, lo escuchaba contenta, con la expresión de quien reconoce algo familiar –y fue su expresión la que hizo despertar a Marius–: esa era la melodía que habían escuchado, con placer, primero, y luego con algo de miedo, al otro lado de la puerta del cuarto del viejo Terezin la noche en que Marius se desorientó en el hotel.

Terezin dijo después que, como el deterioro había invadido aquel muro y muchas de las notas ya habían desaparecido ("En algún lugar", dijo el viejo, "por aquí cerca, entre la hierba o enterradas del todo, deben estar algunas de las notas de esta melodía"), entonces si aquella composición, pues, como él sospechaba, no existía realmente reproducida por completo en ningún lado, se perdería para siempre –pues él era el único que se la sabía de memoria–. Enseguida nos dijo que no, que lo que decía sin duda era falso, porque en la cárcel, como había dicho ya, no paraba de silbar esa melodía, sin ningún motivo, comentó:

–Es una melodía tonta, pero había un guardia, un amigo, si se puede decir así, que de tanto oírla también empezó a tararearla. Era diez años más joven que yo

—dijo Terezin—, si sigue vivo, también se acordará de esta melodía, estoy seguro. Pero como ve —prosiguió, ahora volviéndose a ver a Hanna, porque había notado su entusiasmo al escuchar la melodía, y subió entonces el volumen de su voz, habló más despacio—: SÓLO DOS PERSONAS CONOCEN COMPLETA ESTA MELODÍA.

Y yo también le expliqué a Hanna, a continuación, resumiendo, lo que Terezin me había dicho con una voz casi de confidencia:

—ESTAS NOTAS, ESTA MELODÍA —y señalé el muro—, NO ESTÁN EN NINGÚN OTRO LUGAR, sólo el señor Terezin y otro señor —le dije— la conocen.

Hanna sacudió la cabeza y dijo que sí, que sí.

Nos fuimos de allí, entonces, yo caminando más atrás, despacio, y ellos, ambos, Terezin y Hanna, adelante; el Viejo Terezin, a petición de Hanna —que quería aprendérsela—, intentaba enseñarle a tararear la melodía.

III. ALGUNAS PREGUNTAS SOBRE EL BIENESTAR

Marius lee:

Algunas preguntas en torno al bienestar emocional:

* ¿Sueles reírte?
* ¿Te sientes feliz seguido? ¿Cuándo?
* ¿Eres vanidoso/a?
* ¿Eres tan guapo como los demás?

Algunas preguntas en torno a las relaciones interpersonales:

* ¿Tienes un mejor amigo?
* ¿Tienes novio? ¿Quién?
* ¿Qué te gusta más: estar en casa o en el centro de rehabilitación?
* ¿Tienes amigos fuera del centro?
* ¿Sueles ir a fiestas de cumpleaños?

XI
OTRA PESADILLA

I. Marius

Otra pesadilla.

Veo al mismo grupo de adolescentes de la edad de Hanna (pero a ella no la vi), de catorce, quince años, todos con trisomía 21, echando al fondo del pozo libros en distintas lenguas. Recuerdo perfectamente algunas portadas, algunos nombres extraños, hasta algunos alfabetos absolutamente impenetrables. Las chicas (llegado cierto punto, me pareció que todas eran chicas, con esas caras tan parecidas y faldas verdes de un uniforme escolar), las chicas arrojaban al pozo libros en francés, italiano, búlgaro, ruso, inglés, alemán —y cada libro que llegaba allá abajo, al fondo del pozo, era recibido con el sonido de un agua lodosa—; y yo —que extrañamente estaba ahí, en medio del grupo, observando sin participar, sin hacer nada, aceptando—, yo, pues, inclinado sobre el pozo, estaba sorprendido, esa era la palabra, al ver cómo golpeaba cada uno de los libros, al principio con cierta fuerza, los escasos centímetros de agua que aún quedaban, y después cómo desaparecían segundo a segundo, por lo menos en parte, tragados por el lodo.

Y recuerdo que después, por alguna razón inexplicable, yo mismo sentí un salto en la narrativa y casi me vi tentado a protestar ante alguien, pero en ese instante tuve que olvidarlo, porque de repente estaba yo mismo sufriendo una caída súbita; ¿me había tropezado?, ¿qué había pasado?, lo que sé es que caí con enorme estruendo al piso y que, al levantarme, miré a mi alrededor y estaba en un mundo habitado únicamente por personas con trisomía 21 que me llamaban, afablemente, para jugar conmigo, para agarrarme y, sólo mucho tiempo después, cuando por casualidad me crucé con un espejo, me di cuenta de que yo mismo, al caer, había adquirido las facciones típicas de alguien que tiene esa discapacidad; y después hablé y me di cuenta de que lo hacía con dificultad, como si la caída me hubiera robado la facilidad del lenguaje; recuerdo que después pensé, objetivamente, que alguien me había encerrado allí, tras aquella cara redonda, pero que yo no era como ellos porque podía pensar todas esas cosas que estaba pensando, sólo que luego llegó alguien, o me empujaron, y recuerdo a la perfección que en ese momento me gustó algo que pasó e incluso que me reí mucho —pero no me puedo acordar de qué.

XII
SIETE SIGLOS XX

I. LOS SIGLOS XX

La mañana que el Viejo Terezin nos hizo desviarnos del camino previsto a la estación, me contó la historia de los Siete Siglos xx. Me la contó cuando ya nos estaba acompañando, por cortesía, a la estación de trenes.

¿Por qué nos contó aquel secreto? Era obvio que había simpatizado conmigo y que confiaba en mí, pero cuando más tarde lo pensé me pareció evidente que, si Hanna no hubiera estado allí, el Viejo Terezin no me habría contado nada. La presencia de Hanna era lo que definitivamente permitía superar el último obstáculo, ella era la que transmitía una tranquilidad que me convertía, simplemente por estar a su lado, en un receptor seguro de secretos: por estar con Hanna, la gente confiaba en mí de una manera poco habitual.

El Viejo Terezin nos contó entonces que ellos, los judíos, no confiaban en los documentos, los papeles, las fotografías, en suma, en ningún registro concreto, material y palpable.

–¿Vio ese archivo?

Y como no confiaban en eso a lo que se podría llamar materia —por moderna que fuera la técnica, y pese a la seguridad que inspirara su conservación y a las sucesivas promesas de inmortalidad—, habían vuelto en cierta manera al pasado y habían decidido conservar en la memoria humana aquello que realmente había que defender, aquello que nunca debía ser tragado por ningún vandalismo —ya fuera de los hombres o de los elementos naturales.

Había, dispersos por el mundo, siete hombres, siete judíos, que memorizaron sin ningún error toda la historia del siglo xx.

—Con hechos —dijo Terezin—, con fechas concretas, intentando eliminar cualquier interpretación o juicio. Estos siete hombres —explicó Terezin— se aprendieron de memoria el mismo texto; son hombres-memoria cuya única función, además de intentar seguir vivos, es no olvidar ni un solo dato, ni una sola línea. Como es evidente, lo que memorizaron tiene que ver, directa o indirectamente, con nuestra historia particular, la de los judíos. De algunos años del siglo xx, poco relevantes para nuestra historia, no memorizaron más que una que otra fecha, mientras que de otros años memorizaron datos que tardan horas en decirse. Memorizaron, como supondrá, todos los datos, hasta el más mínimo detalle, sobre lo sucedido en los campos de concentración. Los Siete Siglos xx se aprendieron de memoria las plantas de los campos, pueden dibujarlas en cualquier momento; se aprendieron de memoria la ubicación y medidas de las celdas; se aprendieron de memoria el número de muertos por ciudad, por año y mes; se aprendieron de memoria los nombres de las familias que desaparecieron durante esos años; se aprendieron de memoria lo que algunos sobrevivientes relataron por escrito; y se aprendieron de memoria detalles sórdidos, que excuso describirle. Tienen todo el siglo XX en la cabeza. Permítame decirle que aprenderse de memoria los acontecimientos históricos no es, pese a todo, la tarea de memorización más difícil. Una buena memoria necesita una lógica interna, podemos memorizar una enorme cantidad de datos si establecemos un vínculo entre ellos, si los acomodamos en una especie de serie en la que cada elemento existe en relación con los demás, y no de manera aislada. También, si a alguno de nuestros Siglos XX le dan una fecha, empezará de ahí hacia adelante o hacia atrás, en una secuencia inmutable que muchas veces suena como alguien que dijera las tablas de multiplicar de memoria. Y la historia, como le decía, tiene una lógica de causa y efecto: si conocemos la causa, seguimos adelante y descubrimos el efecto; si conocemos el efecto, retrocedemos y descubrimos la causa: este es el fundamento de su memoria. Todo está articulado. Ningún hecho existe solo. Además, cada Siglo XX se aprende de memoria la información como una estructura, como una arquitectura, donde cada acontecimiento ocupa un espacio que colinda con otros espacios, y así sucesivamente. Podrá parecer extraño, pero los Siglos XX memorizan los acontecimientos mediante su distribución en una superficie. Y cada uno de los Siete Siglos XX tiene su mapa mental; cada cual se orienta, en su propia cabeza, de una manera distinta: un acontecimiento que, por así decirlo, está a la izquierda en la memoria de uno, puede estar a la derecha en la memoria de otro Siglo xx. Ahora bien, si les pedimos que nos dejen escucharlos, todos seguirán el mismo orden de los hechos, acontecimientos y datos. Es como si cada uno transitara mentalmente un camino distinto, pero viera exactamente lo mismo. A nosotros, a todos los otros judíos, no nos interesa conocer el mapa de la memoria de cada uno de los Siglos xx, sólo nos importa el exterior de ese itinerario interno.

»Pero tampoco se crea que es fácil —dijo el Viejo Terezin—. Yo, con cierto esfuerzo, por pura diversión, casi podría decirse, me aprendí de memoria una parte del año 1939. Pero sólo una parte, y muy específica.

Y después empezó a decir, de una manera extraña, con un tono absolutamente neutro, poniendo cada palabra en su lugar, como si estuviera mecanizada:

—1939. Alemania firma pactos de no agresión con Lituania, Letonia, Estonia y Eslovaquia. Otros varios acuerdos se pactaron con Hungría, Bulgaria, Yugoslavia y Rumania. 12 de febrero. Hitler propone a los líderes separatistas eslovacos que declaren la independencia de Checoslovaquia. 2 de marzo. Inicia el pontificado de Pío XII. 14 de marzo. Eslovaquia proclama su independencia. 15 de marzo. Los nazis invaden Praga.

Sólo al indicar cada fecha le cambiaba la voz muy ligeramente —hacía una pequeña pausa antes de reiniciar:

—23 de agosto de 1939. Pacto Ribbentrop-Mólotov.

Tratado de no agresión entre la URSS y Alemania. Una semana después, invasión de Polonia.

Se detuvo sin previo aviso. Me dijo que los Siete Siglos XX estaban dispersos por el mundo, cada cual vivía en su ciudad, encubierto; sólo algunas familias judías sabían quiénes eran y dónde vivían. Después reinició:

—1° de septiembre de 1939. Invasión de Polonia. El ejército de von Rundstedt, al sur; y al norte, el ejército de von Bock. Ambos avanzan rápidamente. El eje Wielun-Varsovia, al sur. Directiva nazi número uno. "Día del ataque a Polonia fijado: 1° de septiembre de 1939. Hora: 4:45." Fuerza aérea polaca destruida en cuarenta y ocho horas. Polonia: trescientos ochenta y siete mil kilómetros cuadrados. Derrotada en diez días.

El Viejo hizo de nuevo una pausa y me dijo que lo que estaba recitando era una parte, muy pequeña, del Nuevo Texto Sagrado, fueron esas las palabras que usó. Los Siete Siglos XX —dijo Terezin— eran los nuevos guardianes de un Nuevo Texto Sagrado.

—¿Sigo? —me preguntó, de repente. Yo no sabía qué responder—. ¿A partir de qué mes, de qué fecha? —no dije nada. Fue él el que dijo—: 18 de julio —y continuó, entonces—: En 1939 vivían sesenta mil judíos en Cracovia. 18 de julio. El presidente de los Estados Unidos, Roosevelt, propone al Congreso una alteración de las leyes que definían las condiciones de participación del país en una guerra. 3 de septiembre de 1939. Inglaterra y Francia le declaran la guerra a Alemania. 18 de septiembre. Tropas rusas y alemanas se reúnen en Brest-Litovsk. 22 de septiembre. Desfile militar de los dos ejércitos en Brest-Litovsk.

Se detuvo.

—Aquí tiene una parte muy fragmentada del año de 1939. Imagínese lo que será memorizar un siglo entero —no es nada más cien veces esto—. Hay meses, incluso días, sobre los que hubo que guardar información que equivale, en total, tal vez, a quince mil veces esto que acabo de recitarle. Cada uno de los Siglos xx fue elegido precisamente porque está dotado de una memoria muy superior a la del promedio. Y, a partir de determinado momento, canalizaron todo su esfuerzo en ese sentido. Lo repiten, en orden, todos los días; unos días repiten ciertos años, otros días, otros. Lo repiten, pues, como se repite el Texto Sagrado; estos siete hombres están obviamente dispensados de cualquier ritual religioso: ya es mucho lo que están haciendo, y nada más queremos que hagan eso. Si algo le pasa a uno, alguna fatalidad, la que sea, quedarán seis —están lejos, cada cual en su rincón del mundo, cada cual llevando una vida exterior aparentemente normal.

»Cada uno de los Siete Siglos xx tiene, además, la responsabilidad de elegir a lo largo de su vida siete hombres a los que transmitirá oralmente toda la información. Cada uno de estos nuevos Siete Siglos xx se la pasará a otros siete. Y así será, para siempre, hasta el fin. De qué, no sé. Habrá fallas en la transmisión, muertes prematuras que impedirán esta multiplicación por siete en cada generación, pero pese a todos los imprevistos y todas las fallas podremos estar seguros de que, si desaparecen todas las fotografías e imágenes, si alguna calamidad, la que sea, o la voluntad de alguien destruye todos los documentos, podremos estar seguros, como le decía, de que, en varios puntos del mundo, en las plazas, en las radios, en los sitios más visibles, aparecerán judíos contando la misma historia, recordando los hechos, los datos, y sin fallas, todos con el mismo discurso, exactamente con las mismas palabras, ya sea que hablen desde Asia o desde Europa.

»No se trata de no creer en las nuevas formas de archivo; estamos atentos a todo lo que sucede, no queremos volver atrás, al tiempo en que no había escritura y los negocios tenían testigos que sólo atestiguaban con la memoria; no es a esos tiempos a los que queremos volver. Se trata, simplemente, de creer más en nuestra memoria que en los diversos materiales que inventamos para conservarla fuera del cuerpo; se trata de confiar más en el cerebro, sólo eso; cualquier persona lúcida se ha dado cuenta de que, pese a todo, es más fácil eliminar los archivos materiales de determinado grupo humano que la totalidad de sus elementos.

»No tiene nada que ver con el asunto –me dijo, de repente, interrumpiéndose, con un tono de voz bajísimo– pero ese fotógrafo que vino… no lo conozco, pero aléjese de él y aleje de él a la niña. Ese hombre no le va a traer nada bueno.

Y después, de golpe, dando otro salto, me hizo, nos hizo –a mí y a Hanna, aunque Hanna no le había puesto atención ni a una décima parte del discurso de Terezin– aquella pregunta:

—¿Quieren conocer a un Siglo XX? —yo no sabía qué responder—. Cuando vuelvan aquí otra vez —dijo—, pasen por el hotel. Yo los llevo con uno. Para que lo escuchen.

II. El Siglo xx de Moscú

Ese día, el Viejo Terezin me contó que un Siglo xx que había perdido el juicio andaba en Moscú repitiendo, como una letanía, los acontecimientos del siglo. Los repetía constantemente en voz alta, metiéndose a los bares, las peluquerías, los mercados, y no dejaba de repetir la cantinela de las fechas, los acontecimientos, las medidas, los números.

—Es, en cierto modo —dijo el Viejo Terezin—, una vergüenza para todos nosotros, una vergüenza cada vez más grande.

»En Moscú, este Siglo xx ya es objeto de las burlas de los niños; le amarran a los pantalones una cuerda con una lata en el extremo y allá va, con la lata dando tumbos por el suelo. Otras personas alimentan ese deseo suyo de que lo escuchen, le entregan un megáfono y le piden que recite el año de 1931, por ejemplo. Y allá va, este Siglo xx que perdió el juicio, por la banqueta, con un megáfono, diciendo fechas, acontecimientos, hechos, sin ningún comentario, sin ninguna observación, nada, como si fuera una grabación, así se entrenó y así le enseñaron a hacerlo: está absolutamente prohibido insertar cualquier comentario personal en aquel discurso ininterrumpido. Ya hay otro Siglo xx cerca de Moscú que permanece callado como conviene, y sereno, cumpliendo su misión de reserva, de salvaguarda de un texto, pero a este, al que perdió el juicio y es objeto de las burlas de todo mundo, pronto, por desgracia, está contra todo lo que planeamos, pero tendremos que desaparecerlo. Es casi absurdo, pero tenemos que hacerlo callar.

XIII
PEQUEÑAS PALABRAS

I. Ojo Rojo y la tarjeta

La vez que estuve con Agam, él se fijó en la tarjeta que yo llevaba en la cartera.

–Trabajé para ese hombre –dijo Agam.

No lo había notado, pero tenía en la mano la tarjeta de Josef Berman-Fotógrafo de animales.

–Es un tipo repugnante –dije yo.

Agam estaba de acuerdo.

II. El ojo rojo, la campana

Aquel día, mientras Hanna estaba lejos y distraída con algo, Agam me lo contó.

Fotografiar sólo era una parte del oficio de ese hombre. Josef Berman, él, que se presentaba como fotógrafo de animales, era más que eso, era un maniaco.

Le dije a Agam que ya lo había notado, era fácil notarlo.

Agam prosiguió, me contó que Josef Berman tenía decenas y decenas de perros. Era una obsesión, me explicó.

Hacía cruzas experimentales, intentaba crear nuevas razas con determinadas características. Patas pequeñas, cola grande, dóciles pero con un hocico temible...

—No lo sé exactamente —dijo Agam—, no entiendo nada de perros, pero sé que está intentando mezclar genes, cosa que hace mucha gente, pero él no lo hace como los demás.

»Me contaron, nunca lo vi, nunca estuve allí —aclaró Agam—, pero conozco a algunos que han ido, me contaron que ese Josef Berman tiene una cosa a la que él mismo llama hospicio de perros. Son perros locos que perdieron la razón, su razón, la razón promedio de los perros, y se han convertido en animales impredecibles. Ese Josef Berman es conocido en los mataderos de animales. Compra perros que mandan allí para que los sacrifiquen, perros peligrosos que hicieron algo terrible o que simplemente mordieron a sus dueños. O también hay casos –dijo Agam– de perros que, por un accidente, atropellamiento o caída, han perdido parte de su, permítame llamarla así, de su conciencia, y sus dueños, por compasión, los mandan sacrificar; o perros muy viejos, moribundos, que estaban sufriendo y a los que sus dueños mandan sacrificar. Después, ilegalmente, a cambio de dinero, esos mataderos, todo mundo sabe cuáles son, en vez de sacrificarlos se los entregan al tal Josef Berman.

Agam se disculpó por contarme aquello. Me preguntó si quería que siguiera, dijo que sólo me lo estaba contando para que entendiera quién era Josef Berman.

Hanna estaba lejos, ya había perdido por completo la concentración –podríamos hablar libremente–. Le pedí a Agam que siguiera. Ya me había acostumbrado a su ojo izquierdo, que a veces se fijaba sobre mí, semicerrado, como si el color rojo, del que yo veía vestigios, estuviera pintado, colocado allí artificialmente. Pero no; aquella sangre se había quedado ahí, inmóvil, como a la espera de algo.

–Los machos y las hembras están separados –continuó Agam–, de un lado están sólo los machos; del otro, sólo las hembras. Estos dos grupos, pues, no se ven, sólo se escuchan. Dicen que el sonido se propaga muy, pero muy bien de un lado al otro.

»Uno de los corredores desemboca en un área más amplia, que es el espacio donde los perros se aparean cuando Josef Berman escoge un macho y una hembra para ello, aunque a veces elige dos machos y una hembra para ver la lucha. Bueno, los detalles no importan. Estamos hablando de un tipo demente.

»Josef Berman alimenta a los perros en la bóveda central. Les da de comer a un ritmo completamente imprevisible, y eso es lo que los vuelve aun más locos, lo que los hace perder el juicio, a los perros; puede pasar días sin alimentarlos y luego, en un lapso de una hora, servirles dos comidas.

»Bueno, hay además una campana, y aquí es donde entro yo. Ese loco puso una campana en medio de la bóveda central y, cuando va a alimentar a los perros, él mismo la toca para indicar que algo va a ocurrir.

»Algunos cuentan —dijo Agam— que, a veces, después de tocar la campana, cuando los perros se acercan con la esperanza de ver comida, Berman usa una vara de metal para golpearlos, causando aún más confusión. Dicen que estas situaciones son las que hacen que los perros pierdan por completo el juicio —incluso aquellos que llegaron con la cabeza sana. Pero tal vez parte de esto ya son historias que la gente cuenta, que inventa. No sé.

»Berman saca miles de fotografías de los perros en estas situaciones. Eso es lo principal. Eso es lo que quiere. Saca fotografías inconcebibles.

»Pero yo fui el que hizo los dibujos de esa campana —dijo Agam, súbitamente—. No sabía para qué eran, no tenía ni la menor idea. El tal Josef Berman debe haber oído hablar de mi habilidad, la de escribir palabras tan minúsculas que se vuelven imperceptibles y que, a primera vista, parecen simples dibujos. Vino. Estuvo aquí arriba... —dijo Agam, pero no concluyó la frase—. Me trajo la campana. No me ocultó nada sobre el origen de la campana, pero no me dijo ni una palabra sobre su uso futuro. Sólo me dijo que la quería para su casa. Yo no lo conocía, nunca había oído hablar de él, no tenía razones para dudarlo. Y lo que me pidió fue que ejerciera mi oficio. En aquel momento, eso fue lo que hice. Recibí un pago por el trabajo y la cosa para mí quedó cerrada. No me enteré de esto sino hasta después. El nombre de JOSEF BERMAN empezó a figurar en las historias que me contaban mis amigos; en fin. Parecía que todos hubieran acordado antes que me ocultarían aquel nombre y después que no dejarían de hablar de él. O tal vez lo que pasó es que ya hablaban de él, pero yo no les ponía atención. Pero ese nombre —y señaló la tarjeta que yo tenía en la mano— ahora es muy relevante para mí. Es un trabajo del que me arrepiento, pero no podría haber hecho otra cosa en aquel momento.

»Lo que hice no tiene nada del otro mundo —me explicó Agam—. La campana venía de una iglesia que había sido destruida por los bombardeos de la Segunda Guerra. Josef Berman la había comprado; según parece, tiene muchísimo dinero. Esa campana era una de las pocas cosas que quedaron intactas de la iglesia. Josef Berman me dijo en aquel momento, no sé si sea verdad, que alguien, aun después de que la iglesia fuera destruida, había conservado la costumbre de tocar la campana a la hora habitual. Y que incluso se celebraron algunas misas en ese espacio semidestruido.

»La campana tenía una sola inscripción: "CUANDO JESÚS TE LLAME, ESCÚCHALO". Ahora pensar en esa inscripción me vuelve loco. Lo que Berman me pidió fue que la borrara, cosa que hice; no fue nada fácil raspar una inscripción de esas, pero no quedó mal. Después me pidió que escribiera con mi letra milimétrica, con mi letra ilegible a simple vista, dos frases, sólo dos, formándolas, a ojo limpio con el diseño que yo quisiera. No le voy a decir cuáles fueron las frases que escribí en la campana a petición suya. Me parecieron extrañas, pero no importa. Era un trabajo. Lo he hecho varias veces: tengo decenas y decenas de trabajos dispersos por ahí, muchos en espacios públicos. Inscripciones en muros o en determinadas piezas, que parecen dibujos, que a todos siempre les han parecido dibujos, y sólo yo y quien me encargó el trabajo sabemos que esos dibujos, al fin y al cabo, esconden frases, y que estas eran el principal objetivo; frases, a veces terribles, ya estoy acostumbrado; si quisieran una inscripción normal, que estuviera la vista de todos, no me escogerían a mí, casi siempre quieren exponer y al mismo tiempo ocultar una palabra o una frase, y por eso me buscan: soy el único que puede hacerlo.

»Otras veces –y Agam sonrió– las frases manifiestan

cosas particulares, venganzas mezquinas, ridículas: hay un hombre que en la sala de la casa que comparte con su mujer tiene un platón de metal con un dibujo en el que está escrita, con un tamaño ilegible, una declaración de amor a su amante; a veces son cuestiones dramáticas, un padre que quiere que su mujer olvide la muerte de un hijo... Para una casa hice, por encargo, un dibujo a lo largo de toda una pared; me lo encargó una mujer sin que su marido lo supiera, y escondía la repetición, cientos de veces, del nombre de su hijo, que había muerto, y ahí debe estar, todavía, en la pared, sin que el padre lo sepa, cientos de veces el nombre de su hijo; un cura, perdone que se lo diga —contó Agam, y se rio— me pidió que escribiera una declaración de amor a un muchacho en la cruz que todavía les da a besar a los fieles. Si usted fuera allí, no le diré cuál es la iglesia, claro, sólo vería un pequeño trazo en esa cruz que el padre da a besar; en fin, medio mundo está loco, nunca me he hecho ninguna ilusión al respecto, y mi oficio vive en gran medida de esa obsesión por, al mismo tiempo, guardar y revelar un secreto. Pero bueno —dijo Agam—, no le voy a decir qué escribí en esa campana. Veo en ello, aunque se trate de un demente como el tal Josef Berman, la complicidad y el sigilo que debe guardar un médico en cuanto a la salud de sus enfermos. Si revelara lo que me piden que escriba, perdería a todos mis clientes. Ellos me dicen lo que quieren, me pagan y yo lo escribo. Queda entre nosotros. En este caso, el de la campana, no hubiera aceptado el trabajo de haber conocido los detalles, claro. Pero sólo después supe de la historia del tal Josef Berman, y ahora ya no hay nada que hacer.

»Todo esto para decirle –murmuró Agam, volviéndose, serio, hacia mí– que ese hombre –e hizo un gesto para señalar el nombre que estaba en la tarjeta– no es un asesino, no va a matar a nadie, de eso estoy seguro, pero es un tipo completamente enfermo. Si tuvo el infortunio de cruzarse con él, aléjese. Y, sobre todo, no deje que se cruce con la niña, no le va a hacer bien. En cuanto a mí –dijo Agam–, no quiero volver a cruzarme con él.

XIV
HANSEL Y GRETEL

I. Dejar pistas

Uno al lado del otro, ambos sentados en el vagón –Marius y Hanna–. En el tren, miradas que a veces como que intentaban descifrar el rostro de Hanna –¿qué tiene?–. A algunos la ignorancia sólo les permite pensar en algo momentáneo –una insuficiencia intelectual pasajera: la expresión de alguien que no entiende, una expresión que pronto desaparecerá; todos hemos tenido momentos en los que miramos hacia el lado equivocado cuando lo importante sucedía precisamente a nuestras espaldas.

Marius controla su irritación. Intenta contarse una fábula a sí mismo para entretenerse, para no dejarse absorber por esa enorme distancia que las miradas de los demás establecen. Como un enigma, Hanna está lejos de los hombres y las mujeres normales; hay un niño que ya pasó de un lado a otro tres veces, está mirando a Hanna; cada vez que pasa, la observa atentamente; "Es un enigma", pensará: "eso, esa cara". No hay ningún gesto de burla, pero la miran como si no encontraran la solución para algo, y por eso sienten la necesidad de volverla a mirar una y otra vez, aunque con disimulo.

Marius podría insultarlos uno a uno, pero no lo hace. Se controla. Mira por la ventana.

Le cuenta a Hanna la historia de Hansel y Gretel, los dos niños que, para no perderse, dejan un rastro de migajas.

A Hanna le gusta esa historia y Marius, ahora callado, vuelve a hojear las pequeñas tarjetas que contienen las etapas de la educación para los niños con discapacidad mental. ¿Quién habrá dejado eso en las manos de Hanna? Hanna busca a su padre; probablemente, alguien la busca a ella.

Marius toma una de las fichas. Los avances físicos y mentales tienen una puntuación. Es un curso como cualquier otro, como los cursos en los que uno aprende una lengua que no domina. Marius lee los pasos para llegar a un objetivo: "Quitarse la pijama".

Primer paso: "Quitarse la pijama por la cabeza"; segundo paso: "Sacar un brazo de la manga", pasos a los que se atribuyen +2 puntos.

Tercer paso: "Sacar el otro brazo de la manga" (+1 punto, que se suma los +2 anteriores). Cuarto paso: "Levantarse la pijama hasta el pecho" (+2 puntos). Si el discapacitado mental lleva a cabo estos cuatro pasos, el profesor, el educador, señalará en una ficha la calificación 5 (+2+1+2). Además, el hecho de que el alumno reciba o no ayuda, concreta o solamente gestual, hace que los avances valgan más o menos puntos. Se busca, evidentemente, la autonomía.

Marius se levanta de su asiento. Desde hace un buen rato, el ruido de la marcha del tren se convirtió en un lenguaje paralelo, en una especie de oración mecánica incesante, un murmullo, una letanía que en otro contexto podría parecer algún ruego religioso y colectivo. La ventana que está cerca de sus asientos está ligeramente abierta, pero Marius, con un movimiento, la abre aún más. Piensa en el cuento que acaba de contarle a Hanna, el de los niños Hansel y Gretel.

A él no le resultaba evidente, al principio, la necesidad de dejar rastros en el camino de Hanna. Y cuando, asomado a la ventana del tren, lanzó hacia afuera la primera ficha, no lo hizo por ninguna decisión, sino por la fuerza de un gesto que había que hacer y que no necesitaba mayor significado. Pero inmediatamente pensó que arrojar las fichas del curso de aprendizaje de Hanna a lo largo de la vía del tren podría ser útil en caso de que alguien estuviera intentando encontrarla. Aunque Marius sentía, al mismo tiempo, que ya hacía mucho que nadie quería encontrarla; que la habían abandonado deliberadamente; que ella era la única que estaba buscando, que nadie la buscaba a ella. Así, le pareció que ese gesto –el de arrojar, a un ritmo más o menos constante, una ficha del archivo de Hanna– era algo que sólo les concernía a ellos dos –a Marius y a Hanna–; no era un mensaje para nadie, se trataba simplemente de marcar el camino, de dejar, como los niños Hansel y Gretel, rastros de su paso, no para que los demás los encontraran, sino para que ellos mismos pudieran irse de allí y volver sobre sus pasos. Marius tenía la sensación evidente de estar perdido, y aquel viaje la intensificaba. Las miradas que rodeaban a Hanna estaban dirigidas exclusivamente a ella. Él, que estaba a unos cuantos centímetros de Hanna, se escapaba de esas miradas de compasión e incomprensión al mismo tiempo. Él, Marius, simplemente estaba a un lado –las miradas no caían sobre él–; no era un enigma para los demás.

No sabía ni remotamente qué hacer –ahora él también estaba perdido, igual que Hanna–. En aquel asiento del tren había, pues, una niña con trisomía 21, que estaba perdida, que decía estar buscando a su padre y, a su lado, pensaba Marius, había un hombre adulto, normal, pero que también estaba perdido. Y todavía más que Hanna, porque Hanna aparentemente buscaba algo, a alguien, al tiempo que él no. No tenía ningún objetivo propio, individual. Él simplemente la estaba acompañando. No buscaba a nadie, acompañaba, casi por instinto, a una persona que buscaba. Había llegado allí sin ninguna reflexión, como llegaba casi siempre a los lugares. Se trataba de avanzar, de no dudar; porque eso sí que siempre le había dado miedo: la duda lo aterrorizaba. El azar, lo que le sucedía, definía su camino; como si el exterior imperara sobre él, como si su destino no estuviera en él, sino en cada una de las personas con las que se cruzaba. Voy a donde me lleven.

Con el aire frío en la cara, Marius, dándole la espalda a Hanna, que permanecía sentada, lanzaba de tiempo en tiempo una de las fichas hacia afuera del tren. En algún lugar, allá afuera –pensó–, en un camino paralelo a las vías, está brotando un nuevo itinerario, definido por fichas que se siguen unas a otras. Marius miró la ficha que ahora tenía en la mano: "ADQUIRIR NOCIONES: TAMAÑO, FORMA, COLOR, ETCÉTERA; 1. Hacer pares de objetos con el mismo tamaño; 2. Hacer pares de objetos con la misma forma"; tomó esa ficha y la lanzó hacia afuera. Después otra ficha: "Realizar trabajos con materiales metálicos; 1. Apretar y aflojar manualmente tuercas y tornillos"; la lanzó también. Luego, más adelante, lanzó por la ventana del tren la ficha titulada "Ocupar sus ratos libres de manera adecuada"; luego, más adelante aún, "Desplazarse en espacios conocidos"; más adelante aún, la ficha "Realizar trabajos de carácter doméstico". La caja con las fichas de aprendizaje se iba quedando vacía, pero, de cualquier manera, volvió a pensar Marius, "Si queremos volver atrás por el mismo camino, ya tendremos suficientes pistas". "Reaccionar a instrucciones gestuales y verbales", otra ficha, y después las últimas, que Marius nunca había visto con atención, fichas dedicadas a las observaciones, fichas de los profesores, que señalaban los avances de los niños con discapacidad mental. Lanzó hacia afuera la primera de esas fichas, pasados unos minutos; otra, pasados unos minutos, otra más –desde el principio había intentado mantener un lapso de tiempo regular entre las fichas que lanzaba del tren–; y finalmente la caja quedó vacía, y unos segundos después Marius lanzó por la ventana la propia caja, "Es el punto final, el final de la línea, se acabó el curso", pensó Marius; "Si un discapacitado sigue el itinerario que definen las fichas, al final habrá hecho avances significativos", pensó. "Y si yo lo que quiero es volver atrás", pensó también, "sólo tengo que seguir las fichas en sentido contrario".

Después de pasar unos segundos más con parte de la cabeza afuera, Marius se apartó de la ventana, la cerró un poco y se sentó junto a Hanna, que lo vio todo, no dijo nada, no entendió bien para qué hacía aquello, pero que estaba al lado de aquel hombre que se llamaba Marius, y que, ella sabía que era su amigo y que la estaba ayudando a buscar a su padre, y eso le bastaba. Ella sabía, estaba segura de que aquel hombre era su amigo y de que nunca –Hanna estaba en lo cierto–, nunca le arrancaría los ojos o la lengua, eso que ella tanto temía.

II. Hanna y Marius en el tren

Desde la ventana del vagón, vimos el humo negro que salía de una fábrica. Hanna dijo que era hermoso. Y lo era, desde cierto punto de vista: si viéramos la fábrica como una simple productora de humo. Probablemente así la veía Hanna.

Entonces recordé una de las antigüedades de Vitrius, el reloj de una fábrica de principios del siglo XIX, un reloj con dos esferas, un reloj doble, con dos horas; pero las dos horas distintas que marcaba el reloj no eran las de dos países distintos. Se trataba de un reloj que había sido utilizado en las fábricas textiles de Inglaterra. En este reloj doble, una de las esferas era normal –medía el tiempo como los otros relojes fuera de la fábrica–. Era un reloj que no se había salido del mundo, por decirlo de algún modo. El otro mecanismo del reloj, ese sí típico de la Revolución Industrial, se movía según la velocidad de la rueda hidráulica que echaba a andar las diversas máquinas. Si las máquinas funcionaban más despacio, si los trabajadores no podían mantener cierto ritmo en la rueda hidráulica, el segundo reloj se atrasaba, y ese era el reloj que marcaba el tiempo de trabajo. La diferencia podía ser de cinco minutos o de una hora. Este segundo reloj, situado encima del otro, señalaba, como me dijo Vitrius aquel día, un tiempo muscular y del cuerpo, y no un tiempo neutro, de la Tierra.

En el fondo, había dicho entonces Vitrius, sería mucho más justo que el paso del tiempo dependiera de nuestro esfuerzo, en tanto que animales que tenemos un cierto objetivo. Pero el tema es que el otro reloj, el que no dependía de ningún esfuerzo humano, seguía funcionando.

Recordé a Vitrius, porque en él, como en Hanna, que se asombraba ante el humo negro que salía de la chimenea de las fábricas, había esa capacidad de fascinación ante aquello que podía causarnos, a veces, simple repulsión. Y también recordé a Vitrius porque él tenía el objeto de Hanna.

III. Josef Berman aparece

Hanna y yo estamos en el café y entra Josef Berman. Desde lejos, a unos metros de nuestra mesa, nos saluda levantando la mano.

Se acerca, tiene la cámara colgada del cuello. Nos dice:
—Buenos días.

Hanna le responde de inmediato con un buenos días vigoroso, contenta, porque lo reconoce, se acuerda de esa cara, un amigo, ha de pensar. Tuve el impulso de darle una sacudida, de insultarla por no entender nada.

Josef Berman pregunta si puede sentarse; no respondo y me levanto.

—No comprendo por qué reacciona así —murmura Josef Berman—, sólo quería sacar una fotografía, es importante para mí, y para ella no tiene ninguna importancia —dice. Después añade, con un tono casi agresivo—: No entiendo su reacción, si usted no es su padre.

Yo todavía no he dicho una palabra, me he limitado a mirarlo. Ahora sí hablo:

—¿Vamos ahí? —le pregunto, y hago una señal con la

cabeza. Ni siquiera pensé en Hanna, no le dije nada, sólo, sólo percibí una mancha (ella) que seguía sentada en su sitio; Josef Berman y yo entramos en el baño del café. Lo empujo hacia el fondo, después de nuevo hacia otra puerta, un golpe, reacciona, le doy otro golpe, otro, después otro, la cámara, después otro golpe, y eso es todo, ahora es cuándo, ya no hay nada, un golpe, la cámara en la cabeza, y un golpe, otro, la garganta, y los porrazos sucesivos, sin parar, como si no hubiera un final, y otra vez, hasta el fin, y después más, y más aún.

Respiro, estoy de regreso de nuevo, una enorme excitación, una euforia que pronto se convirtió en susto; Hanna no está en la mesa, ¿dónde está? No pregunto, pero avanzo y miro, y un empleado me dice sonriendo:

—La niña está en la entrada del café; la estamos vigilando —murmura el empleado—, no se preocupe.

Salí, me temblaba la mano.

—No debes moverte de tu sitio, me asustaste —le dije. Empecé a avanzar rápido, ella también; Hanna tal vez quería preguntarme algo, no entendía a dónde había ido a parar el otro hombre, su amigo, ¿por qué ya no había vuelto a hablar con ella?

—Avanzamos —me digo a mí mismo—; avanzamos —digo de nuevo, ahora a ella—: Avanzamos, avanzamos, avanzamos.

XV
LA FUGA

I. ESCONDITE

Entraron a la casa de Grube, un amigo de Marius.

—¿Podemos quedarnos aquí? —preguntó Marius pocos minutos después de haber llegado.

Grube era un viejo historiador.

—¿Quién es esta niña? —preguntó Grube.

—Perdió a su padre. Estoy intentando ayudarla.

Marius parecía tranquilo y Grube se alegraba de verlo.

—¿Comprende las cosas? —preguntó discretamente Grube.

Marius respondió que Hanna comprendía algunas cosas, pero no todas.

—Pues bienvenida al mundo de los vivos —bromeó Grube—, yo tampoco lo entiendo todo —Marius sonrió.

Libros desperdigados por toda la casa. Un viejo historiador solitario:

—Los que vienen no ponen orden —dijo el viejo.

Marius lo miró, tenían algo en común. Hanna se dio cuenta de que aquellos hombres se conocían muy bien. Casi les pidió que también compartieran el secreto con ella.

Libros de historia, inmensas fotografías desperdigadas por toda la casa.

Grube había sostenido en una conferencia que la historia era como un elemento vivo, que cambiaba de posición, se aceleraba, se volvía más lento, un elemento con peso constante –una masa que de un punto a otro puede arrastrarse o acelerar– pero con un centro de gravedad variable. En una de las paredes de la casa, como si fueran estaciones de tren, señaladas con puntos marcados con plumón negro, estaban los nombres de varias ciudades y, debajo de cada nombre, una fecha: Moscú (1917), Jerusalén (1948), Berlín (1961).

Para Grube, estos puntos identificaban los sucesivos centros de gravedad de la historia. En esas fechas y en esas ciudades estaba el punto que concentraba todo el peso del mundo. Si alguien quisiera derribarlo, poner la historia patas arriba, era allí donde tenía que aplicar el golpe, en ese punto preciso, en el centro de gravedad. Tal como en un combate de judo –sólo podría derribarse al adversario aplicando el golpe en el punto exacto, ni un poco más atrás, ni un poco más adelante–. Así, sólo cuando todo el peso del adversario (o de la historia) descansaba sobre el pie derecho, tendría sentido atacar ese pie, pues ese golpe, en ese momento, y sólo en ese momento (en esa fecha, diría Grube), surtiría efecto en todo el cuerpo del oponente y lo echaría a tierra. Si el peso del cuerpo no estuviera sobre ese pie, golpear el pie sería, en cualquier caso, y nada más, golpear un pie, una parte –un ataque menor, sin consecuencias–. Los acontecimientos tenían, pues, un peso, y determinados acontecimientos concentrados en cierta ciudad, en un país, en un espacio, hacían de ese espacio el punto central del mundo en determinada fecha. Claro que muchos sólo se daban cuenta de que allí, en ese momento, había estado el centro de gravedad de la historia una vez que pasaba ese instante crucial en que el peso se concentraba en un punto. Los pocos que lo notaban en ese mismo momento eran los que podían, justamente por eso, manipular la historia —manipularla de verdad: empujarla hacia la derecha, hacia la izquierda o hacia atrás; atraerla hacia sí mismos o echarla al suelo, de ser necesario.

—¿Te gusta el dibujo? —le preguntó Grube a Hanna, explicándole después que esas palabras eran ciudades. Parece el trayecto de unas vías de tren —dijo Grube—, ¿no?

Hanna asintió: estaba fascinada, no por el dibujo propiamente dicho —aquella sucesión de líneas y puntos que señalaban las ciudades— sino por su ejecución: le parecía extraordinario que alguien rayara las paredes de su propia casa —¡eso le gustaba!

Pasaron días sin salir de la casa de Grube, y Marius no dejaba de preguntarse cuándo tocaría alguien la puerta. Pero nadie tocó.

Al final del segundo día, Grube le mostró a Hanna su pasatiempo. Tenía horas y horas de grabaciones de carreras de cien metros. Miles de carreras de cien metros —desde pruebas importantes hasta eliminatorias secundarias—. Cuando el estudio lo saturaba, Grube veía las imágenes de aquellas carreras resueltas en diez segundos, donde cada milésima de segundo era tan decisiva, que una pequeña diferencia separaba una gran victoria de un evidente fracaso. Entre aquellos dos estados de la materia tan opuestos, así se refería a ellos Grube –la frustración y la euforia– la diferencia concreta eran esas milésimas de segundo.

–Hermoso, ¿no? –preguntaba Grube.

A Hanna le gustó mucho ver las carreras de cien metros y, al cabo de media hora, todavía no había perdido la concentración. Las carreras se sucedían, y Marius y Grube estaban sentados uno junto a otro, viéndolas. Marius veía aquello con distancia, sin la vigésima parte del entusiasmo de Grube, que las veía con los ojos brillantes, se inclinaba hacia adelante cada vez que se repetían las imágenes de la llegada, repeticiones que permitían ver, en cámara lenta, los cuerpos alcanzando la meta, uno tras otro, con diferencias mínimas: la cabeza de uno, el primero, a continuación el otro, que parecía a punto de caerse, echando la cabeza hacia adelante, después el tercero, y a veces una sensación de desesperación, de angustia, en ese acto de echar la cabeza hacia adelante, como si en aquel momento esos hombres aceptaran, ya en el límite, que su cabeza siguiera sola, que se desprendiera del cuerpo, de ser necesario. Y después en la pantalla aparece el cuarto lugar, el quinto, y a esas alturas ya se siente hay quienes se rinden incluso en algo que sólo dura diez segundos –hay quienes se ablandan, hay quienes casi parecen detenerse–; hay quienes, al cabo de seis segundos, exhiben ya una cierta decadencia; como si en la pantalla se exhibiera el fracaso de un moribundo y no alguien que sólo se tardó más que los demás en recorrer cien metros.

El viejo Grube tiene la mano apoyada en la mano de Marius y ahí están los dos, viendo las carreras; Hanna mira aquellas manos, de dos hombres, casi posadas una sobre la otra, y ve en ellas algo que la tranquiliza.

Todos hablan. Hanna también participa un poco en la conversación. En los últimos minutos, las carreras se convirtieron en un escenario, en un paisaje de fondo, un paisaje que sólo se percibe por el rabillo del ojo y que deja sentir que algo allí, en algún lugar, allá atrás, no está detenido; pero no más que eso.

Es hora de irse a dormir. Marius le dice a Grube que Hanna está acostumbrada a dormir en el mismo cuarto que él. Los dos hombres se despiden, se dicen buenas noches. El viejo Grube le hace un cariñito simpático a Hanna en la cara, se despide de ella; Marius y Hanna se van a su cuarto; en pocos minutos, Hanna se queda dormida, pero Marius no.

II. Regresar a Berlín

Al día siguiente, Grube salió por la mañana, y Hanna y Marius se quedaron todo el día en la casa. Hanna insistió en que quería salir, pero Marius la convenció de quedarse.

De regreso, Grube le dijo a Marius que no había escuchado nada, ninguna noticia.

Algunos días después, Grube volvió al poco tiempo de haber salido. Traía un periódico.

—Salió la noticia —le dijo a Marius.

Después, discretamente, lejos de Hanna, se la mostró.

Decidieron que lo mejor, para Grube, sería que Marius y Hanna no se quedaran allí más tiempo; fue Marius el que propuso la partida.

Marius analizó con Grube los horarios de los trenes. Saldrían esa noche y dormirían en el tren. Llegarían de noche todavía.

Había que huir, pero Marius todavía no pensaba mucho en eso. Aún tenía que hacer algo, de inmediato.

De nuevo en la estación, Marius jaló a Hanna hacia el interior del vagón. Miró a un lado, después al otro, entraron. Iban a marcharse. A huir, pensó Marius, pero la dirección de este movimiento era un poco absurda. Hanna estaba animada, sonreía; pero poco después se quejó de estar otra vez de viaje, estaba harta de los trenes. Preguntó por su padre, Marius le respondió que estaban a punto de encontrarlo. Y, sin que Marius preguntara nada, Hanna exclamó:

—Me sacan los ojos —después se acercó contenta al oído de Marius, dijo algo más, pero Marius no le entendió. Le pidió que se lo repitiera. Ella se acercó de nuevo al oído de Marius y dijo unas palabras más, en tono de confidencia. Marius no entendió nada, le insistió; Hanna estaba cansada. Marius intentó convencerla, otra vez. Hanna sacudió la cabeza como solía, dijo que no, que ahora tenía que descansar; después se recostó sobre su hombro y, en pocos minutos, ayudada por el meneo del tren, se quedó dormida ya con la cabeza en el regazo de Marius.

Horas más tarde se bajaron en una estación que les era muy familiar. Llegaron a casa de Agam.

Marius tocó. Agam abrió. Hanna estaba tan sorprendida y pasmada que no pareció reconocer a Agam.

En un gesto que Marius no esperaba —dadas las circunstancias y la hora—, Agam, amablemente, los hizo pasar.

—Y bien, ¿qué quieren? —les preguntó. Parecía no saber nada de lo sucedido, o al menos no mostraba ni el menor recelo en relación con Marius.

Tal vez por ser muy temprano, y porque Agam se había despertado hacía muy poco tiempo, casi no se le veía el ojo rojo –estaba prácticamente cerrado y sólo una pequeñísima abertura dejaba ver que allí atrás había un ojo en funcionamiento.

Marius le dijo que quería saber dónde era la casa de Josef Berman, la casa de los perros de la que Agam le había hablado.

–Necesito ir –le dijo a Agam. Agam se rio. Respondió que no había ninguna casa. Que no era más que una de sus historias.

–Soy un mentiroso irredento –dijo Agam, riéndose–. No se crea ni la mitad de lo que digo. Sólo le conté esa historia para impresionarlo.

Marius estaba irritado, tenía casi ganas de golpearlo. Le insistió a Agam en que le explicara dónde era esa casa de los perros.

–Me la describió usted con mucho detalle.

Agam se rio:

–Ya se lo dije, es una fantasía; usted no me conoce –prosiguió–, me gustan estas historias, me las invento; es una diversión como cualquier otra –dijo.

Estaba manifiestamente divertido con todo aquello. Luego, de repente, señaló un rincón de la sala.

–¿Ve eso? –señalaba la pequeña hielera con que Marius lo había visto la primera vez– Ahí sigue el animal. ¿Quiere llevárselo? Todavía no he logrado que alguien se lo quede. Es un animal difícil de encontrar, no puedo simplemente tirarlo a la basura. ¿Quiere llevárselo? Hay que cambiarle el hielo cada doce horas, no he encontrado a nadie que se quede con él.

Menos de media hora después estaban ya en el hotel de Raffaela. Marius no podía creer que no los dejaran hospedarse allí, por lo menos unos días. Como siempre, Raffaela estaba en la recepción del hotel. Los saludó cuando llegaron, pero con sequedad. Era fácil darse cuenta de que sabía lo que había pasado. Marius no tocó el tema, le pidió uno de los cuartos sólo por unos días. Raffaela guardó un silencio que a Marius le pareció largo. Luego dijo que se podían quedar sólo esa noche. Que después tenía huéspedes y el cuarto estaría ocupado. Marius no quiso insistir. Le pagó de inmediato el dinero de esa noche.

—Mañana temprano nos vamos —dijo Marius, intentando tranquilizarla. Le preguntó por Terezin.

—Se murió —respondió Raffaela—. Ya estaba viejo —añadió—. ¿Quiere quedarse en su cuarto? —preguntó, seca.

Marius no hizo preguntas. Dijo que no, no quería quedarse en el Terezin. Prefería otra habitación.

—Los huéspedes empiezan a llegar a las ocho. Ustedes se van mañana a las siete.

Marius aceptó.

Raffaela le sonrió a Hanna y, con un gesto delicado, le acarició la cabeza. Hanna sonrió.

III. NADA

Antes de las siete de la mañana ya se habían marchado. Todavía estaba oscuro. Cuando se iban, Raffaela le deseó buena suerte a Marius; le dijo, sonriendo, que cuidara bien a la niña; y también le dijo que había bastante ajetreo en las calles, muchas manifestaciones, algunas violentas.

—La cosa está complicada —dijo Raffaela—. Hay algo pasando por ahí.

Marius no vio en ningún momento a Moebius, el marido de Raffaela, que probablemente no había querido cruzarse con él.

Antes de las ocho y media de la mañana, ya estaban subiendo los cuatro pisos que llevaban a Antigüedades Vitrius. El objeto de Hanna —Marius necesitaba noticias, algo concreto.

Cuando llegaron, Vitrius les abrió la puerta. Entraron, y sólo entonces Marius se dio cuenta de que no había sentido vértigo. Tal vez estaba demasiado asustado.

Vitrius se alegró mucho de verlos. Resultaba evidente que no sabía nada; aquel Don Quijote no tenía el menor acceso a la información. Estaba perfectamente lúcido, pero vivía en otro mundo. Ese era el tipo de noticias que no le despertaban ninguna curiosidad.

Marius intentó hablar de los temas que le gustaban a Vitrius, habló mucho; esta vez lo hizo él, Vitrius casi sólo escuchó. Habló de su amigo historiador y de su manía de ver cientos y cientos de carreras de cien metros en la televisión. Habló mucho, pues, de Grube. Le dijo que seguramente se llevarían muy bien ellos dos –Vitrius y Grube–. Vitrius se rio y le dijo a Marius que le diera a su amigo su dirección.

–Aquí tengo muchos objetos que venderles a los historiadores –bromeó–; ese encuentro podría ser un buen negocio para mí.

Marius dijo que sí, que lo haría; que cuando estuviera de nuevo con Grube le daría su dirección.

–De cualquier manera –dijo Marius–, también le voy a escribir aquí la dirección de mi amigo. Estoy seguro de que se van a llevar bien.

Vitrius dijo que sí, que le escribiera la dirección de su amigo, pero que él no salía de la ciudad.

–Con sólo bajar hasta allá abajo ya siento impresión –dijo Vitrius.

Marius le preguntó después si podían quedarse allí ese día, algunas horas. Era una petición absurda, pero Vitrius no hizo preguntas –notó que el momento era grave, de algún modo, y preparó en unos minutos el taller, como si fuera a dejar que se quedaran ahí un buen tiempo—. Pero pronto llamó la atención de Marius sobre algunos objetos y le pidió que tuviera cuidado con los movimientos de Hanna. Hanna estaba consciente de que no podía tocarlos, de que eran objetos importantes. Vitrius le sonrió a Hanna y le preguntó con simpatía si tenía sed, si quería tomar agua.

IV. La multitud, finalmente

Pero estaba claro que no podían quedarse allí. Poco tiempo después, Vitrius empezó a dar muestras de que su presencia comenzaba a incomodarlo. Estaba acostumbrado al aislamiento; un día en compañía, sin interrupciones, bastaba para volverlo irritable. Hanna también era incapaz de seguir allí, con esa falta de espacio. Empezaría a romper cosas.

Entonces Marius empezó a preparar su despedida. Vitrius añadió, por pura cortesía, que podían quedarse allí un poco más, que sentía que el ambiente allá afuera estaba pesado y confuso, dijo. Y que, en cuanto a él, se iría a su rincón a seguir con sus números.

—He avanzado bastante —exclamó, refiriéndose a la serie de números. Después, con un movimiento rápido, metió el pequeño objeto de Hanna en el bolsillo del abrigo de Marius—. Nada —dijo Vitrius—. Ningún vínculo.

Se despidieron. Marius bajó por el lado externo de las escaleras, ahora sintiendo más su propio cuerpo, temblando a cada paso, indispuesto, sudoroso, con vértigo, pero llegaron hasta abajo. Marius le pidió a Hanna unos segundos, necesitaba reponerse. Hanna se sentó en el escalón de la puerta de un edificio a esperar a Marius, que se recuperó al poco tiempo, y entonces se pusieron de nuevo en camino. Pero esta vez, Marius no tenía idea de a dónde podría ir; por primera vez no sabía qué hacer y sólo sabía que tenía que seguir caminando sin parar, procurando no mirar hacia los lados, no dejar ver que estaba huyendo, a veces forzando a Hanna a caminar más rápido, pero más que caminar rápido, era necesario que no se detuviera y que decidiera, en cada encrucijada, sin titubeos. Aunque no entendiera dónde estaba, era necesario que no titubeara ni un segundo −no podía parecer perdido, tenía que avanzar.

Y caminaron tanto, que en verdad acabaron sin saber dónde estaban. Marius miraba a su alrededor y no reconocía ni remotamente las calles, los edificios, y hasta las caras de la gente, por un evidente contagio irracional, le parecían extrañas, como si no pertenecieran a esa ciudad. Marius se rio de sí mismo −estaba absolutamente perdido, no tenía ni la menor idea del punto de la ciudad en el que estaba, si al norte, al sur, al este… nada−. Sólo un cartel en la pared le llamó la atención. "¡La buena familia Stamm, la buena familia Stamm!", pensó; pero lo importante es que estaba perdido y en esos momentos recordó los impresionantes microscopios de Agam y cómo este le había mostrado, la primera vez que lo visitó, el mapa de la ciudad, de esa ciudad, dibujado en un área no mayor a un milímetro cuadrado, y cómo se había sentido perdido al principio, y después recordó el momento en que comprendió, con enorme esfuerzo –dentro de un compartimento minúsculo, mirando por un microscopio potentísimo y ante un plano general de toda la ciudad–, dónde estaba la casa de Agam y, después recordó cómo, a partir de ese momento, mirando siempre por el microscopio, fue siguiendo, con un ojo, las indicaciones de Agam: "Ahora doble a la izquierda, avance un poco, está viendo una encrucijada, ¿verdad? Avance más y a la siguiente encrucijada…¿la ve?" Y sí, Marius respondía que sí sin levantar el ojo de la lente, y su ojo avanzaba por el mapa de la ciudad; y un solo ojo podía ver, en un solo momento, toda la ciudad; y cómo, precisamente ahora que se encontraba de hecho perdido en el espacio, se acordaba de ese instante, y qué útil le sería ahora esa vista desde arriba, en ese momento en el que estaba completamente perdido, metiéndose ya por una calle tan vieja que los edificios, claramente abandonados, estaban a punto de derrumbarse; los letreros se repetían, unos en la calle, otros al nivel de la cabeza, otros en los edificios mismos, en los pisos superiores, ¡CUIDADO! RIESGO DE DERRUMBES, y Marius sintió que una enorme amenaza venía de allí, de aquellos edificios que la gente había abandonado; de allí, lo sabía, nunca lo había olvidado, de allí venían el peligro y el mal, de allí venía lo que podría golpearlo y, por eso, al sentirlo, Marius apretó instintivamente con más fuerza la mano de Hanna, y no sabe si dijo o sólo pensó: "Tenemos que irnos rápido de aquí". Pero lo cierto es que ambos aceleraron. Hanna jalada por Marius, quejándose de su brusquedad; pero se fueron rápido de aquella calle y, pasando un cruce, doblaron a la izquierda y, para alivio de Marius, estaban de repente, sin saber cómo, en una calle peatonal muy famosa, una de las más anchas de la ciudad. Pero pronto su sensación de alivio fue eclipsada por otra: la sensación de que alguien estaba hablando mucho allá al fondo, a sus espaldas. Marius volvió discretamente la cabeza hacia atrás y no podía creer lo que veía. Al fondo de la calle, cientos de personas, miles de personas, avanzaban dando gritos, diciendo consignas, rompiendo vidrios, gritando lemas, y avanzaban a un ritmo constante, sin correr, pero sin detenerse por ningún motivo, avanzaban precisamente hacia Marius y Hanna.

Marius miró a su alrededor y se dio cuenta, aterrado, de que frente a él la anchísima calle estaba vacía, no se veía nadie, las tiendas estaban cerradas, algunas con fuertes trancas a la vista, y nadie −no había nadie−. Marius volvió a mirar atrás, a aquella terrible masa de personas que avanzaba hacia ellos. No había ninguna encrucijada en los metros siguientes, y volver atrás le parecía, en aquel momento, perfectamente absurdo −sería un movimiento ostensivo, un cambio de sentido brusco en el camino−; sintió que esa opción era peligrosa, pero ni siquiera tuvo tiempo de pensar cuál sería la decisión correcta, porque la enorme masa ya estaba justo allí, y pasaba frente a ellos a un ritmo mucho más rápido −así lo sintió Marius− primero una que otra persona, las que iban al frente , y Marius comprendió claramente que esas los esquivarían, que no se interesarían por ellos: Hanna y Marius no eran importantes. Y, en esos primeros momentos, Marius sintió alivio, como si antes pensara que aquella masa de gente podía estar persiguiéndolo específicamente a él —pero, una vez más, no tuvo tiempo de pensar, pues la masa de manifestantes ya estaba llegando, se los estaba tragando, prácticamente—; sus gritos eran ensordecedores, Marius no entendía nada y apretaba con más fuerza a Hanna; se había arrimado más a ella, intentaba crearle una defensa, aunque fuera mínima, contra los choques involuntarios que empezaban a darse, encontronazos que casi hacían caer, pero que no estaban dirigidos contra ellos, sólo eran una consecuencia de la masa cada vez más compacta de personas y de la velocidad con que todos avanzaban. Sin el mínimo de tiempo para pensar, ambos intentaron entonces adaptarse al ritmo con que avanzaba la gente, era lo mas seguro, seguirlos, caminar al mismo ritmo como si hubieran estado allí, desde el principio, en medio de todo aquello. Algunos más viejos, pocos; casi todos eran jóvenes, muchachos, muchachas. Unos arrojaban piedras contra los vidrios de las tiendas que encontraban en el camino, los más exaltados les daban patadas a las puertas, una, dos, tres, y continuaban; otros se quedaban más atrás, en la orilla, y no avanzaban hasta haber destruido por completo un escaparate o la puerta de una tienda; allá atrás, Marius lo había visto por el rabillo del ojo, ya había cosas incendiadas, y los gritos excitados parecían aun más temibles ahora que estaban allí adentro, en medio de aquello. Ya estaban en la parte de la calle donde volvían a empezar las encrucijadas, y cada encrucijada era como otra puerta de entrada: nuevos grupos se unían por los lados a aquella masa enorme; otros grupos pequeños llegaban por las calles más estrechas y también se sumaban a la masa de personas, y las manos de Marius y Hanna, que se habían mantenido siempre apretadísimas –ambos, de maneras distintas, estaban asustados–, sus manos empezaron entonces como que a relajarse despacio, a perder la fuerza y la tensión que había entre ellas, como si a medida que avanzaran entre aquella multitud los dos empezaran a sentirse integrados a la misma, a perder el miedo y a adaptarse mejor con cada paso al compás de la marcha, como si captaran el ritmo de aquella danza violenta pero ordenada pese a todo, que avanzaba, en conjunto, hacia un mismo sitio, con un objetivo claro, sin titubeos. Y por algunos instantes, Marius se sintió extrañamente bien, sintió una ligereza enorme, una anulación individual que lo ponía tan eufórico que le daban ganas de gritar de alegría, y poco a poco su pensamiento se fue concentrando en sus piernas, en sus pasos, en el ruido brutal que hacían miles y miles de piernas y zapatos, un ruido que poco a poco se convirtió para él en lo más importante, ya casi no oía los gritos, no podía oírlos porque estaban en medio, ahora sentía que estaban exactamente en medio de aquella enorme masa, en medio de un ruido tremendo que lo hacía sentir como si estuviera desapareciendo, como si ya no estuviera ahí su cuerpo, sólo lo demás, aquello que podía mirar a su cuerpo desde afuera; y sus piernas y sus pasos eran ahora vigorizantes, a cada paso volvía su fuerza, y casi sintió lástima por no poder agradecérselo a todas aquellas personas, una a una, y se concentró entonces en sus piernas, sentía su fuerza, la forma en que podían seguir el ritmo de la masa de gente que avanzaba; y, casi sin que lo sintiera, su mano empezó a distenderse, ya casi no sentía la mano de esa persona que, según él, aún estaba a su lado, aunque ya no la visualizara ni siquiera en su mente; y esa mano, sintió Marius, de pronto estaba libre, ya no sostenía nada, ya nada la sostenía; y allí estaba él, solo, con las dos manos libres, con las dos manos disponibles, en medio de una enorme masa de gente que no paraba de avanzar y que gritaba algo, algo que él no comprendía, ¿qué palabras eran esas?, pero que ya sentía suyas, las sentía indispensables, y sí, eso era lo que había que gritar; y allí, en medio, sintió por primera vez que podía hacer lo que quisiera con sus manos, levantar una o las dos, gritar, cerrar el puño con rabia como hacían muchos a su lado, podía hacerlo todo, a partir de entonces, pero ahora lo que había que hacer era gritar, y no detenerse, bajo ninguna circunstancia, no detenerse.

Referencias

"És feliz? – Uma abordagem ao estudo da felicidade de jovens com Trissomia 21" – Pedro Morato & Lígia Gonçalves, Revista e Educação Especial e Reabilitação; "A Educação de Pessoas com Deficiência Mental", AA.VV., Fundação Calouste Gulbenkian.

Agradezco a Pedro Morato, Faculdade de Motricidade Humana/Reabilitação Psicomotora, la lectura atenta de este libro.

Mando un abrazo al grupo Dançando com a Diferença.

ÍNDICE

Gonçalo M. Tavares nació en Luanda en 1970 y enseña teoría de la ciencia en Lisboa. Publicó su primer libro en 2001. Al día de hoy, su obra ha sido publicada en más de cincuenta países. Ha recibido premios literarios en diversos géneros, entre ellos el Prix du Meilleur Livre Étranger 2010, que ha sido otorgado a autores como Robert Musil, Philip Roth, Gabriel García Márquez y Elias Canetti; el Prix Littéraire Européen 2011 y el Prémio Portugal Telecom en 2007 y 2011. Otros premios que ha recibido son el José Saramago, el SPA Author's Prize y el Grande Prêmio Romance e Novela da Associação Portuguesa de Autores, APE.

Paula Abramo (Ciudad de México, 1980) es autora del poemario *Fiat Lux*. Ha traducido del portugués al español una cuarentena de libros de autores como Joca Reiners Terron, Veronica Stigger, Angélica Freitas, Raul Pompeia y Ana Pessoa. Fue traductora residente y consultora en el Banff International Literary Translation Centre (BILTC) y finalista del Premio Bellas Artes de Traducción Literaria Margarita Michelena.